夜晚的血都是黑的

David Diop
大衛·迪奧普——著
周桂音——譯

Frère d'âme

獻給我的妻子，我的第一位讀者，

眼中閃耀真知灼見，

虹膜中微笑的三顆黑色純金。

獻給我的孩子們，同手之指。

獻給我的父母，擺渡混血人生。

我們透過名字相擁。

蒙田（Montaigne），〈論友誼〉（De l'amitié）
《隨筆集》（*Essais*）卷一

思考即背叛。

巴斯卡・季聶（Pascal Quignard）
《因思而死》（*Mourir de penser*）

我同時是兩種聲音。其一漸弱，另一漸強。

切克・哈米多・凱恩（Cheikh Hamidou Kane）
《曖昧的冒險》（*L'Aventure ambiguë*）

目錄

夜晚的血 都是 黑 的

1

……我知道，我懂了，我不該那樣做。我，阿爾法・恩迪亞耶（Alfa Ndiaye），我年邁父親的兒子，我知道了，我不該那樣做。我以神的真實*告訴你，現在我知道了。只有我知道自己在想什麼，我要想什麼就想什麼。但我不會說出去。那些我能夠傾訴祕密的軍中同袍，那些面目全非、斷手斷腳、肚破腸流，即將上路的弟兄們，他們若上天堂，神看見他們會覺得可恥；他們若下地獄，惡魔會開心迎接他們。這些弟兄全都不會知道，我其實是怎樣的人。倖存的人們什麼都不會知道，我的老父什麼都不會知道，而我的母親若還在人世，她也不會想到這種事。等我死時，死亡雖沉重，卻不會加上恥辱的重擔。他們不會猜到我想過什麼、做過什麼，不會猜到戰爭把我逼上多麼極端的路。以神之實，我家的名譽得以保全，至少表面如此。

我知道，我懂了，我不該那樣做。若在從前那個世界，我絕不敢動手，但在現在這個世界裡，以神之實，我做了原本無法想像的事。我腦中沒出現半個聲音來制止我：當我想像自己去做那種事的時候，祖先們與父母都噤聲不語，而我最後終究做了。現在我知道了，我向你發誓，當我開始認為我什麼都可以想，我就什麼都懂了。馬登巴・迪奧普（Mademba Diop）死掉那天，那如同巨大的戰爭顆粒從金屬天空落下，猛然砸在我頭上，事情就這樣發生，沒有預兆。

＊譯注：Par la vérité de Dieu是主導全書節奏的關鍵句之一，有時意思些微不同，大部分譯做「以神之實」。

啊！馬登巴·迪奧普，我比親兄弟還親的兄弟，他死前拖了太久。那非常、非常難熬，沒完沒了，從黎明到晚上，腸子暴露在外，從體內到體外，像獻祭的綿羊被宰牲者分屍的模樣。而他，馬登巴，他的體內已經露出體外，但他還沒死。土地敞開的傷口叫做壕溝，當其他人躲在裡面時，我躺在馬登巴身邊，他的左手握著我的右手，我緊靠著他，看著冷冷的藍色天空，金屬縱橫交錯。他求了我三次，要我殺了他，而我拒絕了他三次。那時，我還不敢去想某些事。如果當時的我已是現在的我，那麼當他轉頭朝向我、用左手握住我的右手，第一次開口要求時，我就會殺了他。

以神之實，若當時的我已是現在的我，我會基於友情將他割喉，像對待獻祭的綿羊一樣。但那時我想著我的老父、我的母親，以及在我內心發出指令的聲音，所以沒辦法斬斷那如同帶刺鐵絲一樣纏住他的痛苦。比親兄弟更親的馬登巴，我的童年好友，我對待他的方式毫無人性。我讓道德義務指使我做出選擇。我只給他一些壞的想法，由道德義務控制的想法、為了遵守人性法則而備受推崇的想法。我毫無人性。

以神之實，我讓馬登巴哭得像個小孩子。當他第三次哀求我解決他時，他大便失禁，右手在地上摸啊摸，想把他的腸子集中起來，那些腸子散落一地，像水蛇一樣黏膩。他對我說：「看在神的恩惠上，看在我們偉大的教士份上，阿爾法，如果你是我兄弟，如果你真是我認識的那個阿爾法，就把我像獻祭的羊一樣割喉，別讓死亡用它的髒嘴把我吃掉！別把我丟給這些髒東西。阿爾法．恩迪亞耶……阿爾法，我求你……割斷我的喉嚨！」

但是，就因為他提到我們偉大的教士，就是為了不要違背人性法則、違反我們祖先的法則，所以我做出了毫無人性的反應，讓他哭著死去，我的童年摯友馬登巴，比親兄弟還親的兄弟，他死時手在顫抖，忙著在戰場的滿地泥濘中尋找他的內臟，想將它裝回自己敞開的肚子裡。

啊，馬登巴・迪奧普！直到你死去之後，我才真正開始思考。直到日暮時分你死掉之後，我才知道，我才瞭解，我不會再聽從道德之聲的指示，不會再聽信那強制我們走上既定道路的聲音。但已經太遲了。

當你死去，當你終於變得平靜，雙手終於靜止不動，當你的最後一口氣終於把你從該死的痛苦中拯救出來之後，我才想到，我不該等那麼久。你的一口氣讓我瞭解，但我太晚瞭解，我應該在你提出要求時，立刻把你殺掉。那時你眼中還沒有淚水，左手緊握我手。我不該讓你像頭孤獨的獅一樣，活生生被蠶狗啃噬，內臟暴露在體外。我任你苦苦哀求，就為了一些糟糕的理由、既定的想法，這些理由冠冕堂皇，不可能出自真心。

啊，馬登巴！我多後悔沒在戰役那天早上就把你殺掉，那時的你央求這件事時，還很親切、很友善，聲音裡還帶著笑意！如果那時我割斷你的喉嚨，那就會是我在你此生最後開的一個好玩笑，而我們的友情將會恆久不渝。但我卻沒這樣做，我放任你邊咒罵我邊緩緩死去，在死去的同時一面哭泣、流淌口水、哀號、大便失禁，像個發瘋的孩子。為了天知道的哪個人性法則，我把你遺棄在你悲慘的命運裡。或許是為了拯救我的靈魂，或許是為了繼續扮演先前的我，那是所有養育我的人們期望我在神前、在人前扮演的角色。但是，馬登巴，在你面前，我毫無人性。我就放任你咒罵我，我的好友、比親兄弟還親的兄弟，我放任你在那裡哀號、辱罵，因為，那時我還不懂得用我自己的力量去思考。

但當你在嘶啞的喘息聲中斷氣，四周都是你暴露在外的腸子，我的朋友，我比親兄弟還親的兄弟，你一死去，我才知道，我才懂了，我不該遺棄你。

我等待了一會兒，躺在你的遺體旁邊，看著夜空深深的藍，劃過最後一批子彈的閃爍殘跡。浸滿鮮血的戰場陷入寂靜之時，我開始思考。如今，你只是一團死掉的肉而已。

我做了你嘗試一整天卻因為手抖而無法辦到的事。我用神聖的動作，把你餘溫尚存的腸子聚攏起來，把它們裝進你的肚子裡，像裝進一個祭祀用的神器。一片幽暗之中，我彷彿看見你對我微笑，便決定把你帶回我們那兒。在夜晚的寒意中，我脫掉制服上衣，也脫下襯衫。我把襯衫鋪在你的身子下面，用兩隻袖子在你的肚子上打了兩個結，綁得很緊很緊，沾滿你黑色的血。我攔腰抱起你，帶你回壕溝。我像抱小孩一樣把你抱在懷裡，我比親兄弟還親的兄弟，我的朋友，我在泥濘中走啊走，走在砲彈鑿出的裂縫裡，坑洞灌滿了骯髒的血水，驅散了那些從洞穴出來覓食人肉的老鼠。將你抱在懷裡時，我開始靠自己的力量思考，我請求你的原諒。我太晚理解、太晚才懂，我應該在你還沒開始哭泣時，答應你的要求。那時，你的要求是請求孩提摯友幫一個忙，是要求朋友償債，不講客套，卻又好聲好氣。抱歉。

2

我在砲彈鑿出的裂縫中走了很久，懷裡抱著像個熟睡的孩子一樣沉重的馬登巴。我是敵軍無從知曉的目標，踩著黏糊糊的腳步，在滿月的光輝下，返回我們大大張開的壕溝坑洞。遠遠望去，我們的壕溝看來像是一名巨大女子微微張開的兩片陰唇。一名女子敞開身體，獻身給戰爭、給砲彈、給我們這些士兵。這是我膽敢去想的第一件不可告人之事。馬登巴還沒死的時候，我絕對不敢想這種事，想像自己眼中的壕溝像是碩大的陰唇，即將納入我們，我和馬登巴。大地的體內暴露在體外，我心靈的內裡也露了出來，而我知道，我懂了，所有我希望去想的事，我都可以去想，只要別人什麼都不知道，就沒問題。於是我把自己的想法藏進腦內，但在那之前，我用很近的距離觀察它們。奇怪。

在大地的肚腹裡，他們用迎接英雄的方式迎接我。我緊擁馬登巴走在月光下，沒看見一條長長的腸子從我用襯衫在他腰際打的結旁掉了出來。他們看見我懷裡的淒慘人屍時，紛紛說我很勇敢、很強悍。他們說自己一定辦不到，說他們大概會拋下馬登巴．迪奧普，把他留給老鼠，說他們一定不敢把他的臟腑像裝進祭祀用的神器一樣放回他的體內。他們說，月光如此明亮，他們一定不會扛著馬登巴在敵軍眾目睽睽之下走這麼遠。他們說我值得嘉獎，說我會獲頒十字勛章，說我的家族會以我為傲，說馬登巴的在天之靈會以我為傲。連我們的曼金將軍（Charles Mangin）*都會以我為傲。那時我心想，我才不在乎勛章，但沒人知道這件事。就像沒人知道馬登巴曾經三度哀求我殺掉他，三次我都充耳不聞，我為了聽從道德義務之聲而在他面前做出毫無人性的反應。但如今我擁有不去傾聽的自由，可以不再聽從那指使我的聲音，不須再在必須遵從人性的時候違反人性。

＊譯注：夏爾・曼金，一八六六年～一九二五年，第一次世界大戰期間的法國將軍。

3

在壕溝裡，我過得和別人一樣。吃吃喝喝，和別人一樣。有時我會唱歌，和別人一樣。我五音不全，唱歌時大家都會笑。他們對我說：「你們恩迪亞耶家族的人，就是不會唱歌。」他們會笑我，但很尊敬我。他們不知道我在心中怎麼想他們。我覺得他們很蠢，覺得他們很白痴，因為他們什麼都不想。不管是白人士兵還是黑人士兵，他們永遠只會說「遵命」。上面命令他們離開壕溝的掩護，暴露在危險中去殺敵時，他們說「遵命」。上面吩咐他們扮野蠻人來嚇唬敵人時，他們說「遵命」。上尉告訴他們，敵軍害怕野蠻的黑鬼、食人族、祖魯族，他們就笑了。對面的敵人怕他們，他們很開心。能忘記他們自己的恐懼，他們很開心。所以，當他們衝出壕溝，左手拿著步槍、右手拿著開山刀，從大地的肚子裡飛奔出來時，他們會在臉上配置一雙瘋子的眼睛。上尉說他們是最驍勇善戰的戰士，所以他們喜歡在被殺的時候唱歌，所以他們彼此較勁誰比誰瘋狂。迪奧普家的人不願別人說他們沒有恩迪亞耶家的人那麼勇敢，因此只要亞孟（Armand）指揮官尖銳刺耳的哨音響起，迪奧普家的人就會立刻衝出洞外，並像野蠻人一樣嚎叫。凱達家和蘇馬黑家之間的較勁也是這樣。迪亞洛家和法耶家也是如此，還有凱涅家與提烏涅家、迪亞內家、庫胡馬家、貝耶家、法寇利家、薩勒家、迪昂格家、賽克家、卡家、希瑟家、恩杜爾家、圖黑家、卡瑪赫家、巴家、法勒家、庫里巴利家、松科家、錫家、西索克侯家、德拉梅家、特拉歐荷家。他們全都一樣，什麼都不想就去死，因為亞孟指揮官說：「你們這些『巧克力』非洲黑人，你們天生就是最最英勇的戰士。法國感激你們、欽佩你們。法國報紙都在談論你們的戰績！」所以他們歡歡喜喜飛奔著衝出去，用最悽慘的方式被殺害，像發狂的瘋子一樣高嚎，左手拿著符合規矩的步槍，右手拿著野蠻的開山刀。

但我，阿爾法．恩迪亞耶，我聽懂了上尉的意思。沒人知道我在想什麼，我要怎麼想就怎麼想。我想，他們希望我什麼都不想。上尉說的那些話，背後隱藏著讓人難以想像的事。上尉的法國，在它需要的時候，就要我們扮演野蠻人。它需要我們野蠻，因為敵人害怕我們的開山刀。我知道，我懂了，這事並不難懂。上尉的法國需要我們的野蠻行徑，而我們十分服從，我和其他人都一樣服從，所以我們就扮演野蠻人。我們割下敵人的肉，剁斷他們的手腳，砍下他們的頭，把他們開膛剖腹。我的軍中同袍有土庫爾人、塞雷爾人、班巴拉人、曼丁戈人、蘇蘇人、豪薩人、莫西人、馬爾卡人、索寧科人、賽努沃人、柏柏人、以及除了我之外的其他沃洛夫人，我和他們唯一的不同，是我經過深思熟處才成為野蠻人。他們只在衝出壕溝的時候演這場戲，而我只在他們面前演戲，在掩護我們的壕溝裡演戲。和他們相處時我會笑，還會唱五音不全的歌，但他們很尊重我。

而我一旦衝出壕溝，一旦壕溝把正在嚎叫的我分娩出來，敵人就只能等著瞧。我從不在撤退號角響起時回營。我會在更晚時返回壕溝。上尉知道這件事，他放任我這樣做，他很訝異我總是能活著歸隊，臉上總帶著笑容。他放任我，即使我晚歸也一樣，因為我總會帶著戰利品回來。野蠻的戰利品。無論是深黑的夜，抑或沐浴著月光與血的夜，我總在戰役結束時，帶一支敵軍的步槍回營，槍上還留著一隻握槍的手。那隻拿槍、握槍、擦槍、上油保養、填充子彈射光子彈再填充子彈的手。所以，當撤退號角響起，上尉與我的同袍們回到壕溝的保護中，活生生把自己埋進潮溼的地下時，他們總有兩個疑問。第一個問題是：「阿爾法．恩迪亞耶會活著回來嗎？」第二個問題則是：「阿爾法．恩迪亞耶會帶著敵軍的步槍和握槍的手一起回來嗎？」而我總比別人更晚返回大地之母的子宮，有時甚至冒著敵軍的砲火，如上尉所說，即使颳風、下雨、下雪都一樣。而我總會帶回一支敵軍的步槍，以及那隻拿著它、握它、擦它、幫它上油、填充子彈再射光子彈再填充子彈的手。出擊日的夜裡，上尉和活下來的同袍們每次都想著這兩個問題，當他們聽見槍聲以及敵人的尖叫時，他們很高興。他們心想：「來了，阿爾法．恩迪亞耶回來了。他會帶著步槍和握槍的手一起回來嗎？」一支步槍，一隻手。

帶著這些戰利品回營時，我看得出他們對我非常、非常滿意。他們幫我留了吃的，還留了一點菸草給我。他們見到我回來是如此高興，甚至從不問我是如何辦到，問我如何奪下這支步槍、剁下這隻手。他們見我回來時，實在太開心了，因為他們很喜歡我。我成為他們崇拜信仰的圖騰（totem）*。我帶回來的那些手，向他們證實他們還活著，他們又多活了一天。他們也從不問我，我怎麼處理屍體的其餘部分。他們不在乎我如何逮住敵人，也不在乎我怎麼剁那些手。他們在乎的，是結果，是我的野蠻行為。而他們和我一起嘻笑，一面心想這時對面的敵人看到斷手，一定非常、非常害怕。而他們並不知道我是怎麼逮住敵人的，上尉和我的朋友們並不知道，這些敵軍還活著的時候，我如何對待他們身上手以外的部位。我做的事，他們連四分之一都想像不到。這些敵軍的恐懼，他們連四分之一都想像不到。

當我衝出壕溝時，我選擇違抗人性，我變得有點沒人性。不是因為上尉這樣命令，而是因為我這樣想過了，因為我想這樣。當我高聲嚎叫衝出大地之母的身體時，我並不打算殺掉很多敵人。我只打算殺一個，

＊譯注：原始部落崇拜的自然形象、符號、動物等等，信仰者將之神聖化，並作為自身群體或家族的標誌。

用我的方法殺，好好地殺、慢慢地殺，不被任何人打擾。當我左手拿槍右手持刀衝出地面時，我不太管我的同袍們。我認不出他們了。他們一個接一個在我四周俯趴倒下，而我奔跑、射擊、匍匐趴下。我奔跑、射擊、在刺網下面爬行。或許在不斷射擊的過程中，恰好有敵人被我殺掉，但我並不真想殺他。或許吧。我想要的，是近身肉搏。我是為了這個而奔跑、射擊、趴下、匍匐前進到最靠近對面敵軍的地方。看得見他們的壕溝之後，我只管爬行，除此之外什麼都不做。接下來，我漸漸不再移動。我裝死。我靜靜等待，等著抓到一名敵軍。我等他出洞。我等待夜間的休戰時刻，鬆懈、停火的時候。

當夜幕將近，雙方都不再射擊的時候，總會有個敵軍從他藏身的彈坑裡面出來，打算回他的壕溝。這時，我就用開山刀砍他的腿。這很簡單，因為他以為我已經死了。我是屍堆中的屍體，對面的敵軍看不到我。對他而言，我是從死裡復活來殺他。他因此驚嚇過度，腿被砍也不吭一聲就倒下來，就這樣。我拿走他的武器，堵住他的嘴巴，把他的雙手綁在背後。

有時很簡單。有時比較難。有些人不肯就範。有些不願相信他們要死了，有些會抵抗。於是我會用很安靜的方式打昏他們，因為我才二十歲，而且我就像上尉說的一樣，天生孔武有力。然後我會抓住他們的軍靴或軍服袖子，邊爬行邊慢慢把他們拖遠，拖到上尉說的無人地帶，在兩側巨大壕溝的中間地帶，在許多彈坑之間，在一大灘又一大灘的鮮血之間。如上尉所說，颳風、下雨、下雪都一樣。如果他被我打昏的話，我會等他醒來，耐心地等。如果他沒有掙扎，任我把他拖進彈坑，以為這樣就可以騙倒我的話，我會等我的呼吸恢復平靜。我會等我們兩人一起冷靜下來。等待的時候，我會在明月和星光照耀下對他微笑，好讓他別太激動。但是，當我對他微笑時，我看得出他正心想：「這個野蠻人想怎樣？他想對我做什麼？他想把我吃掉嗎？他想強姦我嗎？」我可以自由自在想像這個敵人正在想什麼，因為我知道，我懂。凝望敵人的藍色雙眼時，我經常看見他們的驚恐。他們恐懼死亡、畏懼野蠻人的行徑、怕被強姦、害怕我們的食人習俗。我在他眼中看見的，是他聽聞的我，是他還沒遇見我時，就已相信的那些事。我想，當他看見我盯著他微笑時，他告訴自己，那些傳言都不是騙人的，他想著，我會用我這無論有沒有月光都在夜裡發亮的牙齒，將他活生生吃下肚，或對他做出更恐怖的事。

最恐怖的時候，是呼吸恢復平穩之後，當我開始脫他衣服的時候。解開他軍服上衣的鈕扣時，我看見敵人的藍色眼珠變得朦朧。我知道，他害怕最糟的事就要發生了。無論他是勇敢還是嚇壞了，無論他勇氣十足還是哭哭啼啼，當我解開他軍服的扣子，然後解開他的襯衫釦子，讓他白皙的肚子袒露在月光下、在雨中、或在緩緩落下的細雪中，這時，我總能感覺眼前敵人的雙眼少了一點光芒。高的、矮的、胖的、勇敢的、哭哭啼啼的、驕傲自豪的，都是這樣。當他們看見我盯著他們顫抖的白皙肚子時，他們的目光就熄滅了。都一樣。

於是我稍微靜心冥想，想著馬登巴．迪奧普。每一次，我都在腦中聽見他求我割斷他的喉嚨，想著我讓他哀求三次，是多麼沒人性。我想，這次我會很有人性，我不會等眼前的敵人求我三次才殺他。我沒為好友做到的事，我會為了敵人去做。為了符合人性。

眼前的敵人看見我拿起開山刀時，他們的藍色眼睛就徹底熄滅了。第一次這樣做時，對方踢我一腳，試著起身逃跑。那次之後，我就會仔細綁緊他們的腳踝。所以，我用右手拿起開山刀時，眼前的敵人只能像發狂的瘋子一樣拼命蹬腿，以為這樣就能逃過一劫。那是不可能的。他應該知道我綁得很緊，他逃不掉，但他還抱持希望。從他的藍色雙眼，我看得出來，就像從馬登巴．迪奧普的黑色雙眼，我看得出來，他希望我縮短他的痛苦。

他白皙的腹部裸露出來，他一陣一陣地起身又跌下。他氣喘吁吁，突然尖叫，但他的尖叫寂靜無聲，因為我把他的嘴堵得很緊。當我將他體內的腸子全掏出來，將之暴露在雨中、在風中、在雪裡或月光下時，他在最寧靜的沉默中尖叫。如果這時他藍色的雙眼還沒徹底熄滅，我會在他身邊躺下，將他的臉轉向我，看他緩緩垂死，然後割斷他的喉嚨，乾淨俐落，非常具有人性。夜裡，所有的血都是黑的。

4

以神之實，馬登巴．迪奧普死掉那天，我隨即發現在戰場上被開膛剖腹的他。我知道，我曉得發生了什麼事。馬登巴都說了。那時他的雙手還沒開始顫抖，那時他要求我殺他時，還好聲好氣、還很友善。

進攻對面敵營時，他左手拿槍、右手拿開山刀，奮勇行動、奮力扮演野蠻人，這時他看見一個敵營的人躺著裝死。經過時，他暫停下來，彎腰看看這名敵兵。他盯著對方看，因為他有點起疑。那只是短短一刻。白人黑人死後的臉都是灰的，但這個人不是。他看來似乎正在扮演死人。馬登巴心想，格殺勿論，必須用開山刀解決他。不能掉以輕心。

這個半死不活的敵軍，必須再殺一次，以防萬一，以免有個弟兄、有個夥伴在經過這裡時被襲擊，讓他悔不當初。

當他想著軍中弟兄、想著同袍時，當他想著自己必須從這個瀕死的敵軍手中拯救其他人不被襲擊、或是保護我不被襲擊時，我就跟在他身後不遠處，我是比他親兄弟還親的兄弟，而他提高警覺想保護其他人時，卻沒有提高警覺保護他自己。馬登巴告訴我這件事時還很溫和、很友善，臉上還帶著笑容，他說那個敵軍睜大雙眼，用他右手緊握的、藏在外套下面的一把軍刀，一口氣由下往上，剖開了馬登巴的肚子。那時馬登巴還能笑看這名瀕死敵軍給他的一擊，他很冷靜地告訴我，他什麼都不能做。他說這些話的時候，還是一開始他還沒受太多苦的時候，不久之後，他以溫和友善的態度，第一次要求我殺他。他第一次要求我，他比親兄弟還親的兄弟，阿爾法．恩迪亞耶，一名老人的么子。

馬登巴還沒做出反應、還沒復仇，那個還擁有十足生命力的敵軍，就逃回他的陣營那邊了。馬登巴提出第二次要求之前，我要他描述那個剖開他肚子的人是什麼模樣。「他的眼睛是藍色的，」馬登巴輕聲囁語，因為我就躺在他身邊，眼前是被金屬劃裂的天空。我堅持想知道。「以神之實，我只能告訴你，他的眼睛是藍的。」我一再、一再堅持。「他高嗎？矮嗎？他好看嗎？醜嗎？」每一次，馬登巴・迪奧普都回答我說，我該殺的人不是那個敵軍，那個人已幸運逃過一劫，太遲了。他說我現在應該殺掉的人，應該再殺一次的人，是他，馬登巴。

然而，以神之實，我沒聽馬登巴的話，我的童年好友，比兄弟更親的兄弟。以神之實，我只想剖開那個藍眼睛的、半死不活的敵軍的肚子。我只想著把敵軍開膛剖腹，卻忽略了我的馬登巴・迪奧普。我只傾聽復仇之聲。馬登巴・迪奧普第二次求我時，我就表現得很沒人性，他說：「忘掉那個藍眼睛的敵人。現在就把我殺掉，因為我太痛苦。我們同年同歲，我們是同一天受的割禮。你在我家住過，你看著我長大，我也看著你長大。所以你可以嘲笑我，我可以在你面前哭泣。我什麼事都可以拜託你。我們比親兄弟還親，因為我們選了對方當兄弟。阿爾法，我求你，別讓我這樣死去，腸子都露出來，被腹中劇痛折騰。那個藍眼睛的敵人，我不知道他是高還是矮，是好看還是難看。我不知道他和我們一樣年輕，或和我們的父親一樣年長。他運氣好，逃走了。現在他已不重要。如果你是我兄弟，我的童年好友，如果你是我一直以來認識的那個你，是我像愛父母一樣愛的那個你，那麼我求你第二次，割斷我的喉嚨。你覺得這樣好玩嗎，聽我像個小男孩一樣呻吟抱怨？看著我的尊嚴因為恥辱而消失殆盡？」

但我拒絕了。啊！我拒絕了。抱歉，馬登巴．迪奧普，抱歉，我的朋友，比兄弟還親的兄弟，我沒有用我的心來傾聽你。現在我知道，我懂了，我不該一心想著藍眼睛的敵人。我知道，我懂了，那時你的哭聲像犁田在我腦中劃出一道道犁溝，你的哀號像播種撒在我腦子裡，我不該在你甚至還沒死的時候，就想著我腦中的復仇之聲。接下來，我聽見一道強而有力、讓人懾服的聲音，它強迫我無視你的痛苦：「別殺害你的摯友，你比兄弟還親的兄弟。取他性命的人，不該是你。你別以為自己能替神行事。別以為自己能替惡魔行事。阿爾法．恩迪亞耶，如果是你殺掉馬登巴，如果是你完成了藍眼睛敵人的工作，那你還能去見他父母嗎？」

不對，我知道、我懂了，我不該聽從腦子裡爆發的這個聲音。我應該在還來得及的時候，讓那聲音閉嘴。那時我就應該開始靠自己的力量去思考。馬登巴，我應該基於友情把你殺掉，好讓你不再哭泣，不再四肢抽搐，不再忙著試圖把從你肚子裡跑出來的、像剛被釣上的魚一樣吞吸空氣的內臟，塞回你的體內。

5

以神之實，我毫無人性。我沒聽從朋友的話，卻聽從敵人的話。於是，當我逮住敵軍，當我在他藍色的眼裡讀出他無法用嘴巴朝戰場天空吼出的尖叫，當他敞開的肚腹只剩一堆爛糊糊的生肉，我會把浪費的時間討回來，把他殺掉。等這個敵人第二度用眼神哀求，我就割斷他的喉嚨，像獻祭的羊。我沒為馬登巴．迪奧普做到的事，我為藍眼睛的敵人做了。重拾人性。

接下來，我用開山刀砍下他的右手，拿走他的步槍。那很花時間，而且很難、很難。當我匍匐爬回營裡，爬過刺網下方，爬過插在黏稠爛泥中的木刺，當我回到我們那座宛如女人對天空敞開身體的壕溝時，我全身沾滿了敵人的血。我就像是一座摻雜鮮血和泥漿捏出來的雕像，身上臭得連老鼠都會嚇跑。

我身上散發的，是死亡的氣味。死亡的氣味，是內臟從體內被拋到體外的氣味。無論是人還是動物，體內一旦暴露出來，都會腐爛。無論是最富有的男人還是最窮的男人、最美的女人或最醜的女人、最明智的動物或最愚蠢的動物、最強的、最弱的，全都一樣。死亡就是體內腐爛的氣味，連老鼠聞到我從刺網下面爬回來時散發的氣味，牠們都會害怕。牠們害怕看見死亡朝著牠們移動，所以牠們逃離我。就連我洗澡洗衣服時，連我以為自己已經清洗乾淨時，壕溝裡的老鼠都會逃得遠遠的。

6

帶回第四隻斷手之後，我的同袍、我的戰友們，開始恐懼。一開始，他們笑得很開心，他們見我帶回敵軍的步槍和手，覺得很有趣。他們甚至以我為傲，想再頒一個勳章給我。但到了第四隻手，他們不再是真心的笑。我能在白人士兵的眼神中看見他們開始這樣想著：「這個『巧克力』怪怪的。」至於其他人，那些和我一樣來自西非的巧克力士兵，我也在他們眼中，看見他們開始這樣想：「這個來自塞內加爾聖路易城（Saint-Louis）*附近的貢迪歐勒（Gandiol）村的阿爾法・恩迪亞耶，他怪怪的。他從什麼時候開始變得這麼奇怪？」

這些「小白（Toubabs）**」和「巧克力」們（上尉都這樣講），還是繼續拍著我的背，但他們的笑容變了。他們變得非常、非常、非常怕我。他們從第四隻手開始竊竊私語。

最初那三隻斷手使我成為傳奇人物，他們熱烈迎接我回營，把好料留給我吃，給我菸，用大盆大盆的水幫我洗澡、清洗我的戰服。我在他們眼裡看見感激之情。我代替他們扮演誇大極端的野蠻人，奉命服務的野蠻人。敵軍想必在他的軍靴中、在他的頭盔下簌簌發抖。

一開始，我的戰友們並不在意我身上的死亡氣息、我身上那屠宰人肉的味道，但從第四隻手開始，他們不再嗅聞我的味道。他們還是繼續把好料留給我、把他們四下蒐集的菸拿給我抽、借我一條毯子來保暖，

---

* 編注：位於塞內加爾西北部的城市，塞內加爾河河口處，曾為法屬西非殖民地。在法屬西非時期是重要的經濟中心，二〇〇〇年被聯合國教科文組織列為世界遺產。

** 編注：Toubab、Toubabou或Toubob是中非和西非對歐洲血統者（「白人」）的稱呼。

但他們臉上的笑容是面具，面具底下是一張驚恐的臉。他們不再拿水盆幫我清洗。他們讓我自己清理戰服。突然之間，再也沒有人笑著拍我的肩膀。以神之實，我成為不可觸犯之人。所以他們在掩蔽壕的一角，幫我保留一個飯盆、一個缽、一支叉子、一支湯匙。出擊的日子，當我晚歸時，當我比別人晚很久才歸營時——如上尉說的，無論颳風、下雨或下雪——炊事兵會叫我自己去拿餐具。他舀湯給我時，會非常、非常小心，不讓他的湯杓碰到我的碗底、碗緣或內緣。

流言四竄，它一面流竄，一面像脫衣服一樣卸下表面的掩飾，漸漸變得非常露骨。一開始，它掩飾得很好，衣冠楚楚、戴著徽章，但這厚顏無恥的流言，最後終於光著屁股四處亂竄。我沒立刻發現，沒看出它的本色，不知道它算計著什麼陰謀。大家都看著流言在面前四竄，但沒人向我描述它真正的樣子。但最後我終於知道那些悄悄話的內容，我很驚訝，我才知道，怪人成了瘋子，接著瘋子又成為了巫。巫兵。

別說戰場不需要瘋子。以神之實，瘋子什麼都不怕。其他士兵都在假扮瘋子，不管白人還是黑人，他們都在扮演一齣瘋狂至極的戲，這樣才能不受干擾衝進敵營的彈雨之中。這樣，他們才能在死亡面前疾馳，而不致過度害怕。當亞孟上尉吹哨下令出擊，而你知道你幾乎沒有機會活著回來時，你得是個瘋子，才能乖乖聽命。以神之實，你得是個瘋子，才有辦法像野蠻人一樣高嚎著衝出大地之母的肚子。敵人的子彈，那些紛紛從金屬天空落下的大顆子彈，它們不怕我們的吼聲，它們不怕射穿腦袋與血肉，不怕擊碎骨頭、斬斷生命。暫時的瘋狂，可以使人暫時忘記關於子彈的真理。暫時的瘋狂，是戰時勇氣的至親姊妹。

但是，當你隨時隨地都像個瘋子，毫不間斷、永無止歇，那就會讓人害怕，連戰友都會害怕。這時，你不再和勇氣稱兄道弟，你不再是躲過死神的僥倖存活者，而是死神真正的朋友，它的共犯，它比親兄弟還親的兄弟。

7

對所有人而言，對這些白人和黑人士兵而言，我變成了死亡本身。我知道，我曉得這件事。無論是「小白」士兵、或和我一樣的巧克力士兵，他們都認為我使用巫術，認為我會吞噬人們體內之物及魂魄，認為我是巫（dëmm）*。他們認為我天生就是巫，而戰爭讓我顯露本性。流言赤裸裸地宣稱，我吃掉了比兄弟還親的馬登巴・迪奧普體內之物，甚至是在他還沒死的時候吃的。厚顏無恥的流言說，必須提防我。赤裸裸的流言說，我啃光敵軍的體內，也吞噬朋友的心。下流放肆的流言說：「注意他，提防他。後來他是怎樣處理那些斷手了？他拿給我們看，然後那些手就消失了。注意他，提防他。」

以神之實，我，阿爾法・恩迪亞耶，我年邁父親的么子，我看見流言在我身後四竄，衣不蔽體、不知羞恥，像淪落風塵的女子。但這些小白與巧克力，他們看著流言緊跟著我，他們在流言經過時扯下它的纏腰布、邊笑邊掐它屁股，而他們還繼續對我微笑，若無其事和我交談，表面親切和氣，內心驚恐萬分，就連最粗暴的士兵、最強硬的士兵、最勇敢的士兵，都是如此。

當上尉預備吹哨，讓這些暫時的瘋子像野蠻人衝出地表、衝進那毫不在意我們吼聲的敵軍彈雨中時，誰都不再願意站在我身旁。誰都不再願意和我並肩衝出大地溫暖的臟腑，衝進戰爭的轟隆爆響。誰都不再能夠忍受在我身邊中彈倒地。以神之實，在戰爭裡，我獨自一人。

＊譯注：作者此處使用的是沃洛夫語（Wolof），沃洛夫語是塞內加爾使用最廣的語言之一。

第四次之後，敵軍的手讓我付出代價：孤寂。環繞這孤寂的，是我黑人白人同袍的鼓舞激勵、微笑與眨眼。以神之實，他們不願招惹巫兵的惡魔之眼，招來接近死亡的倒楣厄運。我知道，我懂了。他們不太會去想事情，但他們一定心想：所有事情都有兩面。我從他們的眼裡看出來了。他們認為，噬魂者若只啃噬敵人體內，那就是好的。但噬魂者若啃噬戰友體內，那就是壞的。你永遠不知道巫兵會做出什麼事。他們認為，對待巫兵要非常、非常小心，要謹慎照料他們、對他們微笑、和善地和他們閒聊，但必須保持距離，不能靠近他們，別碰他們，別和他們擦身而過，否則必死無疑，否則就完蛋了。

因此，幾隻斷手之後，當亞孟上尉吹哨下令進攻時，他們都站在離我左右兩邊超過十大步的地方。高吼著衝出大地溫熱肚腹之前的那一刻，有些人甚至會避免看我，避免讓視線落在我身上、用目光觸及我，彷彿看著我就等於用目光碰觸死神的臉、雙臂、雙手、背、雙耳、雙腿。彷彿看著我，就已代表死亡。

人類總想將事情怪罪給一些荒謬的元凶。就是這樣。這樣比較簡單。這我知道，我懂，我現在愛怎麼想就怎麼想。我的同袍戰友，白人或黑人都一樣，他們需要相信：害他們喪命的不是戰爭，而是惡魔之眼。他們需要相信，若他們被殺，那並非是因為敵軍幾千顆子彈當中的一顆偶然擊中他們。他們不喜歡偶然。偶然太過荒謬。他們想要一個罪魁禍首，想相信擊中他們的敵軍子彈是在某人引導之下，被這個壞心、邪惡、不懷好意的人引到他們身上。他們相信，這個壞心、邪惡、不懷好意的人，就是我。以神之實，他們很少思考，而且他們思考的方向是錯的。他們認為，我在這麼多次出擊之後還能活著，從沒挨過一顆子彈，是因為我是個巫兵。他們的想法不僅錯誤，而且糟糕透頂。他們說，營裡很多弟兄是因我而喪命，他們挨的子彈，本來應該是來殺我才對。

所以有些人會虛偽地對我微笑。所以另一些人會在我出現時迴避視線，還有些人會閉上雙眼，好讓他們的目光不會碰到我、擦到我。我變成禁忌，像圖騰一樣。

迪奧普家的圖騰，馬登巴．迪奧普這個自吹自擂傢伙的圖騰，是一隻孔雀。他會說「孔雀」，我則回他「黑冠鶴」。我對他說：「你的圖騰是一隻家禽，而我的是一頭野獸。恩迪亞耶家的圖騰是獅子，比迪奧普家的圖騰高貴多了。」我可以重複講好多次，不斷對我比兄弟還親的兄弟馬登巴．迪奧普說，他的圖騰是用來讓人笑的。家族之間的玩笑話取代了戰爭，取代了我們兩個家族、兩個姓氏的冤仇。家族之間的玩笑話，可以在嘻笑與嘲諷之中，滌清從前的恥辱。

但是，圖騰是很嚴肅的事。圖騰是禁忌。不能食用牠們，必須加以保護。迪奧普家的人會冒生命危險去保護一隻陷入險境的孔雀或黑冠鶴，因為牠是他們的圖騰。恩迪亞耶家的人，不需要去保護一頭陷入險境的獅子。獅子絕對不會身陷險境。不過，據說獅子不會吃恩迪亞耶家的人。保護是互相的。當我心想迪奧普家的人根本不用擔心被孔雀或黑冠鶴吃掉時，我總忍不住微笑。當我對馬登巴．迪奧普說，他家的人選一隻孔雀或黑冠鶴來當圖騰實在很不聰明時，他聞言大笑，回想這一幕，我總忍不住微笑。

「迪奧普家的人都沒有遠見，又愛自吹自擂，像孔雀一樣。擺出一副驕傲的樣子，但迪奧普家的圖騰只是一隻傲慢狂妄的家禽。」我這樣講是想嘲笑他，卻逗得他發笑。馬登巴只回答我說，圖騰不是自己選的，是圖騰選了我們。

不幸的是，他死去的那天早上，亞孟上尉吹響攻擊哨之前沒多久，我又對他講起他家那隻傲慢家禽的圖騰。所以他才會第一個衝出去，搶在所有人前面高吼著衝出地表、衝向敵人，為了向我們證明、向壕溝也向我證明，他絕非吹牛，他很勇敢。

他搶先出發，是我害的。

那一天，馬登巴．迪奧普被那個半死不活的藍眼敵軍給開膛剖腹，是圖騰的錯，是家族玩笑話的錯，是我的錯。

8

那一天，馬登巴・迪奧普空有知識、學識，卻沒去思考。我知道，我懂了，我不該嘲笑他的圖騰。直到那一天之前，我都沒認真思考，話語就脫口而出。我不該逼我比兄弟還親的摯友吼得比誰都大聲，就這樣衝出地面。在這種地方，孔雀連一刻都無法存活，我不該在這裡誘騙我比兄弟還親的兄弟陷入暫時的瘋狂；這片戰場已寸草不生，連一株灌木都長不出來，彷彿幾千隻鋼鐵蝗蟲在此大肆果腹，飽食久久毫不停歇。戰爭在這片土地灑落數百萬顆小小的、什麼都無法孕育的金屬種籽。傷痕累累的戰場之田，只能提供糧食給肉食者。

看吧。自從我決定靠自己的力量思考、決定什麼都不禁止自己去想之後，我就懂了，殺害馬登巴的人，不是那個藍眼睛的敵軍，而是我。我知道，我懂了，為什麼馬登巴．迪奧普求我殺他時，我沒動手。「你不能殺一個人兩次，」我的心靈大概是用非常、非常輕的聲音，這樣對我低語。「你已經殺了你的童年好友，」那聲音一定是這樣囁語，「當你在出擊的日子嘲笑他的圖騰，而他率先衝出壕溝時，你就已經殺了他。你稍微等一下，」我的心靈一定是用非常、非常輕的聲音這樣低語，「稍微等一下。等會兒，等馬登巴不靠你幫忙而自行死去時，你就會懂了。你會理解，他明明求你殺掉他，但你卻沒這樣做，是為了不必責怪自己把這件做到一半的齷齪事給做完。稍微等一下，」我的心靈一定是這樣低語，「等會兒你就會知道，你就是馬登巴．迪奧普那個藍眼睛的敵人。你用你的話語殺了他，你用你的話語把他開膛剖腹，你用你的話語，吞噬了他體內之物。」

這個想法，幾乎就代表我是巫，會吞噬魂魄的巫。既然我現在會去思考所有我認為可以思考的事，我就能在心裡的祕密角落，向我自己坦承一切。沒錯，我告訴自己，我應該就是巫，是個噬魂者。但是這樣想之後，我又立刻告訴自己，我不能相信這種事，那是不可能的。這想法並非真正屬於我。我沒關上心靈的門，讓別的想法溜了進來，而我誤以為那是我的想法。我不再傾聽自己的思緒，而是聽見那些害怕我的人們的想法。當你認為自己可以自由思考一切的時候，要小心，別讓其他人的想法裝扮成別的樣子悄悄混進來，別讓父親和母親的想法化了妝假扮混進來，別讓祖父的想法頂著皺紋溜進來，還有那些隱匿著的兄弟或姊妹的想法、朋友們的想法、甚至敵人的想法溜進來。

所以，我不是巫，不是噬魂者。會這樣想的人，是那些怕我的人。我也不再是一個野蠻人了。會這樣想的人，是我的白人長官和藍眼敵人們。我真正的想法、屬於我的想法，是這樣的：馬登巴真正的死因，是我的玩笑話，是我針對他家圖騰的惡言惡語。他是因為我這張大嘴巴，才會高吼著衝出壕溝，只為了向我證明他很勇敢，而我早就知道他很勇敢。重點是，為什麼我會取笑我比兄弟還親的兄弟家的圖騰。重點是，為什麼在出擊的日子裡，我的心靈會生出那樣的話語，像鋼鐵蝗蟲的嘴巴一樣傷人。

我明明很愛馬登巴，我比親兄弟還親的兄弟。以神之實，我是如此愛他。我是那麼怕他戰死、那麼希望我們兩人一起平平安安返回貢迪歐勒村。為了讓他存活，我什麼都能做。戰場上，我到哪兒都跟著他。亞孟上尉吹哨告知敵軍我們即將狂吼著衝出地表時、當他吹哨提醒敵軍準備好掃射我們時，我總立刻黏在馬登巴身邊，好讓擊傷他的子彈也擊傷我，或讓那顆刺殺他的子彈也來刺殺我，或讓那顆和他錯身而過的子彈也和我錯身而過。以神之實，在戰場上衝鋒的那些日子裡，我們總是肘貼肘、肩並肩。我們總用同樣的節奏狂吼著奔向敵軍、總是同時用步槍掃射，我們就像孿生兄弟，在同一個白天或同一個夜裡，從母親的肚子裡蹦出來。

所以，以神之實，我搞不懂。不，我不懂，為什麼我會在那一天暗諷馬登巴是個懦夫、不是真正的戰士。靠自己的力量思考，不代表什麼都能想通。以神之實，我不懂，為何在一個慘烈戰役的日子裡，我無緣無故地用話語殺害了馬登巴．迪奧普，而我明明不要他死，我明明希望戰爭結束後，他能和我一起平安返回貢迪歐勒村。我不懂。

9

到了第七隻斷手，他們受夠了。無論是小白士兵或巧克力士兵，無論是長官或非領導者，他們全都受夠了。亞孟上尉說我應該很累，說我無論如何都必須休息一下。為了向我宣布這件事，他把我召喚到他的棚屋裡。另一個巧克力也在場，他比我年邁許多，軍階比我高很多。這個佩戴十字勛章的巧克力很不自在，這個佩戴著十字勛章的巧克力負責把上尉的話翻譯成沃洛夫語給我聽。這個可憐的佩戴十字勛章的老巧克力，他和其他人一樣，認為我是巫，吞噬魂魄的巫，他像一片小葉子在風中顫抖，他不敢看我，左手緊緊抓著藏在口袋裡的護身符。

他和其他人一樣，怕我吞噬他體內之物，怕我將他推向死亡。這位老步兵伊布拉希馬・賽克（Ibrahima Seck），他和其他人一樣，和所有黑人白人同袍一樣，很怕和我四目交接。夜幕低垂時，他將會靜靜祈禱，祈禱很久。夜幕低垂時，他將會撥很久的念珠來防範我，保護自己不被我玷汙。夜幕低垂時，他將會淨化自己來洗清一切。但現在還是白日，我的老前輩伊布拉希馬・賽克因為必須翻譯上尉的話而嚇壞了。以神之實，他嚇壞了，因為，他必須告訴我，我破例獲准回到大後方休假一個月！伊布拉希馬・賽克認為，上尉的命令對我而言絕對不是好消息。對這位佩戴十字勳章的巧克力老前輩來說，我聽見他們要讓我遠離我的糧倉、獵物、狩獵場，一定會很不高興。伊布拉希馬・賽克認為，像我這樣的巫兵，一定會對傳達壞消息的人非常、非常憤怒。以神之實，在一名被迫放棄一整個月的糧食、被禁止啃食戰場上這麼多敵人與同袍魂魄的巫兵面前，你很難倖免於難。伊布拉希馬・賽克認為，我錯失這麼多原本可以吞噬的敵軍和我軍，一定會把責任歸咎在他身上。所以，為了遠離惡魔之眼，為了不要招惹我的怒火，為了有朝一日能親自將他的十字勳章拿給孫子們看，伊布拉希馬．賽克老前輩翻譯的每一句話，都以同樣的字眼開頭：「上尉說……」

「亞孟上尉說你應該休息一下。上尉說你真的非常、非常英勇，但也非常、非常疲倦。上尉說他讚賞你的膽量，你的膽量非常、非常驚人。上尉說你會和我一樣，獲頒十字勳章……啊！你已經有了？……上尉說你或許會再獲頒另一枚。」

所以，沒錯，我知道，我懂了，亞孟上尉不希望我再出現在戰場上。在這個佩戴十字勳章的巧克力前輩伊布拉希馬．賽克說出的話語背後，我知道，我懂了，他們受夠了我帶回來的七隻斷手。是的，我懂了，以神之實，在戰場上，他們只需要暫時的瘋狂。他們要的是憤怒的瘋子、痛苦的瘋子、狂暴的瘋子，但這一切都只能是暫時的。他們不要一直持續發瘋的瘋子。出擊結束之後，就應該把憤怒、痛苦和狂暴好好收拾起來。痛苦還勉強可以接受，你可以把痛苦帶回營裡，但不能顯露出來。憤怒與狂暴則不然，你不能把它帶回壕溝裡。回營之前，你必須把它像脫衣服一樣脫掉，必須擺脫它，不然的話，戰爭這場遊戲，你就玩不下去了。上尉吹哨宣布撤退之後，瘋狂就變成禁忌。

我知道，我懂了，上尉，還有十字勛章巧克力步兵伊布拉希馬．賽克，他們不希望壕溝裡再出現戰爭的怒火。

以神之實，我理解了，對他們而言，我帶回七隻斷手，彷彿就是把嚎聲與慘叫帶回一個寧靜的場所。看到敵軍的斷手，你會不禁心想：「如果那是我呢？」你會不禁心想：「我受夠這場戰爭了。」以神之實，戰役結束之後，你會再度對敵人抱持人道之心。敵人的恐懼不會讓你欣喜太久，因為你自己也心懷恐懼。那些斷手，就代表恐懼從壕溝外面，進到了壕溝裡面。

「亞孟上尉說，他再次謝謝你的英勇無畏。上尉說你可以休假一個月。上尉說他想知道你把那些斷手……藏到，呃……收到哪兒去了。」

於是，我毫不猶豫，只聽見自己這樣回答：「我沒留著。」

10

以神之實，上尉和我的前輩伊布拉希馬·賽克都把我當成蠢蛋。我或許有點怪，但並不蠢。我絕不會說出藏匿那些斷手的地方。那些手是我的，我知道它們原本屬於哪一雙藍色眼珠。我認得出每隻手的來歷。那些手的手背長著金毛或紅毛，很少是黑色的毛。有幾隻的肉很多，其他則乾癟癟的。被我從手臂上砍下來之後，手指的指甲立刻就變黑了。有一隻斷手比較小，像女人或兒童的手。它們會漸漸變硬，然後開始腐爛。所以，為了保存它們，砍下第二隻手之後，我悄悄溜進壕溝的廚房，將厚厚一層粗鹽灑上斷手，灑很多鹽，然後放進已經熄滅的爐灶，用溫熱的灰燼覆蓋它。我把那些斷手留在那兒一整夜。到了早上，我很早、很早就回廚房，去把它們拿回來。隔天我再度灑鹽，又把它們放回爐灶的灰燼下面。日復一日，直到那些斷手變得和鹹魚一樣。我燻乾那些藍眼的斷手，有點像家裡那些燻乾了打算久藏的魚。

現在，我有七隻手——本來有八隻，但因為尚－巴提斯（Jean-Baptiste）開了個玩笑，所以少了一隻。我的七隻手，已經喪失了它們原先的特徵。它們全都一樣，變成發亮的棕褐色，像單峰駱駝的皮一樣，上面已經沒有那些金色、紅色或黑色的毛。以神之實，它們已經沒有原本的雀斑或痣。它們全都變成深褐色。它們成了乾屍。乾掉的肉絕不可能腐化。除了老鼠以外，幾乎沒人能夠憑嗅覺發現它們。它們在很保險的地方。

我的斷手只剩七隻，因為我的好友尚－巴提斯，那個愛開玩笑的滑稽傢伙，偷走了一隻。我任他這樣做，因為那是我的第一隻斷手，而且已經開始腐爛。那時我還不知該如何處理它。那時我還沒想到，可以用貢迪歐勒村裡那些漁夫太太處理漁獲的方式燻乾它。

在貢迪歐勒村，從海裡或河裡捕獲的魚，會在抹上很多、很多鹽之後，在太陽下晒乾、用煙燻乾。但這裡沒有真的太陽。這裡只有一顆冷冷的太陽，什麼都晒不乾。泥濘始終一片泥濘。地上的血也乾不了。我們的軍服只能用火烤乾。我們是為了這個才生火。不只是為了試圖取暖，主要是為了試著讓我們乾燥一點。

但我們在壕溝裡生的火很小很小。上尉說，不准生大火。因為無火不生煙*，上尉這樣說。敵軍一旦察覺我們這兒有煙，不管是多麼微弱的煙，就算只是香菸的煙，只要他們的藍色眼睛夠尖，就會把砲口對準我們，開始砲擊。敵軍和我們一樣，會從壕溝裡胡亂砲擊。他們和我們

* 譯注：也有「無風不起浪」之意。

一樣，會盲目地連續發射一陣，就連不用出擊的休戰日也一樣。所以，最好別讓敵軍的砲手找到瞄準目標。以神之實，最好不要讓火焰的藍色輕煙透露我們的方位！因此，我們的軍服永遠乾不了。因此，我們的內衣、所有衣服，永遠都是溼的。於是我們試著點起不會冒煙的小火。廚房的爐灶，是往後方排煙。於是，以神之實，我們試著比那些擁有銳利藍色眼睛的敵人更加精明。因此，廚房的爐灶是我唯一可以把那些斷手弄乾的地方。以神之實，我救回所有的手，連狀況已經很糟的第二隻和第三隻也救回來了。

一開始，壕溝裡的戰友見我帶著敵軍的斷手回來時，他們歡天喜地，還摸了那些斷手。最初那三隻手，他們敢摸，有些人還嘻笑著對它吐痰。當我帶著第二隻斷手返回大地之母的肚子裡時，我的好友尚－巴提斯就去翻我的家當。他偷走我的第一隻斷手，我隨他這樣做，因為它已開始腐爛，把老鼠給引了過來。我一向不喜歡第一隻斷手，它不漂亮。它的手背上有長長的紅毛，而且斷面沒切乾淨，我把它從手臂上砍下來時，砍得很不俐落，因為那時我還不習慣。以神之實，那時我的開山刀不夠鋒利。有了經驗之後，從第四隻手開始，我一刀就能把手砍下來，俐落的一刀，用的是我每天在上尉吹哨之前，花好幾個小時磨利的開山刀。

於是，我的好友尚－巴提斯去翻我的家當，偷走我不喜歡的第一隻斷手。在壕溝裡，尚－巴提斯是我唯一的白人好友。馬登巴．迪奧普死後，他是唯一一個過來安慰我的小白。其他人只是拍拍我的肩膀。馬登巴的屍體被運回大後方之前，巧克力們有為他誦經。之後，巧克力士兵們不再提起馬登巴，因為對他們而言，馬登巴只是眾多死者當中的一個。他們也和我一樣，痛失自己比親兄弟還親的好友。他們也在心中，為他們自己的死者哭泣。當我把馬登巴．迪奧普肚破腸流的屍體帶回壕溝時，只有尚－巴提斯比他們多了一些作為，不只是拍拍我的肩膀而已。尚－巴提斯的頭很圓，有一雙藍色的凸眼，他照料了我。個子小小、手也很小的尚－巴提斯幫我洗了衣服。尚－巴提斯給我菸抽。尚－巴提斯把他的麵包分給我吃。尚－巴提斯和我分享他的歡笑。

所以，當尚－巴提斯去翻我的家當，偷走第一隻斷手時，我任他這樣做。

尚－巴提斯拿這隻斷手玩了很久。尚－巴提斯拿這隻開始腐爛的手開了很多玩笑。他偷走手的那個早上，早餐時間，當我們全都還睡眼惺忪時，他來和我們每一個人握手。等他和所有人打過招呼之後，我們才知道，我們才驚覺，他是拿那隻斷手來給我們握，而不是用他的手，他把自己的手縮在軍服袖子裡。

這隻斷手接著落入阿勒博（Albert）手中。尚－巴提斯和阿勒博握手之後，讓這隻斷手留在阿勒博的手裡，阿勒博發現時驚聲尖叫，把斷手丟到地上，而所有人都笑了，所有人都嘲笑他，連士官們都笑他，連上尉都笑他，以神之實。這時尚－巴提斯對我們大嚷：「你們這些蠢貨，你們握了敵軍的手，你們全都該上軍事法庭！」於是所有人再度大笑，就連幫我們翻譯尚－巴提斯在喊什麼的十字勳章老巧克力伊布拉希馬．賽克也笑了。

11

然而，以神之實，這隻斷手並未帶給尚－巴提斯好運。尚－巴提斯當我的朋友沒當很久。不是因為我們不再喜愛對方，而是因為尚－巴提斯死了。他死得非常、非常難看。他死的時候，軍盔上掛著我那隻敵軍的斷手。尚－巴提斯太愛開玩笑，太愛耍白痴。但事情總有極限，他不該在敵軍那些相似的藍色眼睛前面，拿敵軍的斷手來玩。尚－巴提斯不該挑釁他們，他不該嘲弄他們。敵軍非常憤恨。他們不喜歡看見夥伴的斷手插在一支羅莎莉刺刀*尖端。他們再也無法忍受看見那隻斷手在我們壕溝這邊的空中揮舞。以神之實，他們受夠了尚－

巴提斯的愚蠢把戲，他高高揮舞插在軍刀刀尖的德軍斷手，聲嘶力竭朝他們大喊：「死德國佬，死德國佬！」尚－巴提斯簡直變成了一個瘋子，而我，我知道，我曉得為什麼。

尚－巴提斯成為了一個煽動者。尚－巴提斯試圖吸引望遠鏡那頭藍色眼睛敵人的注意力，是他收到那封散發香水味的信之後的事。看見他讀那封信時的臉，我就知道，我就懂了。拆開那封有香水味的信之前，尚－巴提斯容光煥發，滿臉笑意。讀完那封散發香水味的信之後，尚－巴提斯的臉變成灰色。光芒沒了。那張臉上只剩笑容，但他的笑已不再是開心的笑。他的笑，變成悲慘的笑。像在哭泣的笑，讓人不舒服的笑，假笑。收到那封信之後，尚－巴提斯就拿我的第一隻斷手來羞辱敵人。尚－巴提斯一面辱罵他們被人雞姦，一面在我們的

＊編注：原文Rosalie是一種法國刺刀暱稱，第一次世界大戰時期常搭配軍用步槍使用。

壕溝上方揮舞那隻插在他步槍刺刀尖端的斷手，尚－巴提斯把它的中指豎了起來。他大喊：「幹你們這些德國佬，自己相幹的德國佬！」同時高舉他的步槍，好讓望遠鏡那端的藍眼敵軍理解他的訊息，一清二楚地看見那根中指。

亞孟上尉叫他閉嘴。尚－巴提斯這麼激動，對誰都不是好事。尚－巴提斯簡直就像是在壕溝裡生火。他的辱罵像煙一樣，有一股力量，能幫助敵軍瞄準目標的力量。他簡直像對敵軍指出自己在哪。上尉又沒下令，實在沒必要自己去送死。以神之實，我知道，我懂了，上尉和其他人也都懂了，尚－巴提斯想死，他想激怒那些藍眼敵人，讓他們瞄準他。

所以，上尉吹哨下令進攻的那個早上，我們高吼著衝出大地之腹時，敵軍並未立刻射擊。藍眼睛的敵軍等了二十次呼吸的時間，直到找到尚－巴提斯的位置，才開始射擊我們。以神之實，花了二十次呼吸才找到他。我知道，我曉得，我們所有人都曉得，他們為何沒有立刻射擊。那些藍眼睛的敵人，就像上尉說的，對尚－巴提斯心懷怨懟。以神之實，他們已經受夠了聽他大吼：「幹你們這些德國佬！」同時在我們的壕溝上空揮舞他們夥伴被插在羅莎莉刺刀上的斷手。敵軍早已商定，要在法國軍隊下次出擊時，殺掉尚－巴提斯。他們彼此講好：「我們要用很難看的方法宰掉那個傢伙，殺雞儆猴。」

尚－巴提斯這個蠢蛋，他似乎無論如何都想死，所有能夠幫助敵軍找到他的方法，他全都做了。他把那隻斷手掛在頭盔前面。由於那隻手已經腐爛得很嚴重，他把它裹成白色，他用白布幫每根手指纏上頭巾，就像上尉說的。尚－巴提斯把它裹得很好，可以清楚看見它懸在他的頭盔前方，中指直直豎起，另外四指彎曲。敵軍對稱的藍色雙眼，很容易就能瞄準他。他們有望遠鏡。他們從望遠鏡中看見一名身材矮小的士兵，頭盔上有個白色物體。這應該花了他們五次呼吸的時間。他們調整望遠鏡，看清楚那塊白色正在對他們比中指。再五次呼吸，氣喘吁吁。但調整砲位的時間應該比較久，至少十次深呼吸，因為他們太恨尚－巴提斯拿他們夥伴的斷手來羞辱他們。他們準備的，是重重一擊。

上尉吹哨之後，經過二十次呼吸的時間，當他們在大砲的瞄準器中逮住他的身影時，他們一定很開心。當他們從望遠鏡中看見尚－巴提斯的頭顱高高飛上天，他們一定非常、非常開心。他的頭顱、頭盔、掛在上面的斷手，全部粉碎。這些擁有對稱藍色雙眼的敵軍，看見他們的恥辱在罪魁禍首的頭上灰飛煙滅，一定萬分欣喜。以神之實，他們一定會請這個射出漂亮一擊的砲兵抽菸。進攻行動結束後，他們一定馬上拍他肩膀、給他飲料。他們一定會大聲鼓掌，讚揚這名砲兵的精采一擊。他們說不定還為他寫了一首歌。

以神之實，尚－巴提斯死掉那天的晚上，我聽見敵軍壕溝裡傳出的歌聲，說不定就是向這名砲兵致敬的歌。

那晚，我在上尉說的無人地帶，把一名敵軍的體內掏出來擱在體外，然後砍下第四隻手。

12

那些藍眼睛敵人的歌聲，我聽得很清楚，因為那天晚上，我就在他們的壕溝旁邊。以神之實，我一路匍匐爬到他們的壕溝旁邊，而他們沒看見我，我一直等到他們唱完歌才動手，好逮住其中一個。我等候沉默降臨，等他們昏昏入睡，然後逮住其中一個，像把一個小小孩從他母親的肚子裡扯出來。我的暴力很輕柔，這樣才能減緩衝擊、降低音量。我就這樣直接在他們的壕溝裡擄走一名敵軍，那是第一次，也是最後一次。我就這樣直接擄人，因為我希望能逮住殺害尚－巴提斯的那個砲兵長。以神之實，那晚，為了替因為一封香水信而想死的尚－巴提斯報仇，我冒了很大的險。

為了逼近他們的壕溝，我在刺網下面爬行好幾個小時。我在身上塗滿泥漿，他們就看不到我。打爆尚－巴提斯頭顱的那枚砲彈落下之後，我就立刻撲倒在地，在泥濘中爬行好幾個小時。當我來到敵軍的壕溝旁邊時，亞孟上尉的撤退哨音已經響起很久。他們的壕溝也像一名碩大女性的陰唇一樣敞開，一名和地球一樣巨大的女性。於是我繼續逼近敵軍這片天地的邊緣，等著，等著，等著。他們在星空下唱了很久，唱男人的歌、唱戰士的歌。我等著，等他們全都入睡。只有一個人沒睡。只有他沒睡，他倚靠著壕溝的內壁抽菸。戰場不能抽菸，抽菸會被發現。我是因為香菸的煙，因為那裊裊升上他們壕溝上空的藍色輕煙，而發現了他。

以神之實，我冒了很大的險。我一瞥見左邊不遠處有道藍煙飄上闇黑夜空，就開始像一條蛇一樣，沿著壕溝爬行。我從頭到腳都覆滿泥漿。我像一條曼巴蛇，沾染牠爬行大地的顏色，沒人能看見我。我用最快的速度爬行、爬行、爬行，逼近那個敵軍在黑色空氣中吐出的藍色輕煙。我真的冒了很大的險，所以，那晚我為了那個渴望戰死的白人朋友所做的事，我只做這麼一次。

我不知道壕溝裡面是什麼景象，我沒花時間窺看，就盲目地把我的頭和雙臂探進敵軍的壕溝裡。我盲目地把上半身探進壕溝，捉住在下方抽菸的藍眼睛敵人。以神之實，我運氣很好，那段壕溝沒有掩蔽物。我運氣很好，那個在壕溝裡朝著黑色天空吐出藍色輕煙的敵軍，身旁沒有別人。我運氣很好，我及時在他尖叫之前，用手摀住了他的嘴巴。以神之實，我運氣很好，第四隻斷手的主人個子很小、體重很輕，像個十五、十六歲的孩子。在我收集的所有斷手當中，最小的手就是他的。我運氣很好，那個夜裡，這個藍眼睛小個子士兵的同袍伙伴沒發現我。他們大概全都睡了，那天的戰役讓他們精疲力竭。那天，尚－巴提斯是第一個被砲兵長殺掉的。尚－巴提斯的頭顱被炸爛之後，他們怒氣沖沖不斷砲擊，絲毫沒有停下來喘氣。那一天，我們死了很多同袍。但我，我有辦法狂奔、射擊、匍匐趴地、在刺網下方爬行。邊跑邊射擊、匍匐趴地、爬行於上尉說的無人地帶。

以神之實，敵軍全都累了。那一夜，他們唱完歌之後，就放鬆了戒備。我不知道為什麼這個小個子士兵不累。他為什麼在戰友都去就寢的時候出來抽菸？以神之實，我逮住的人是他而非其他人，這全是命運使然。天意注定讓我深夜在敵軍壕溝溫熱的洞穴中捉住他。現在我知道，我懂了，天意一點都不簡單。我知道，我懂了，但我不會告訴任何人，自從馬登巴死掉的那天開始，我就什麼都去思考、只為我自己思考。我想，我懂了，天意只是人類在人世所做之事的複本。以神之實，我認為，神永遠比我們晚一步。祂只能見證事後的損毀殘敗。祂不可能會希望我在敵軍壕溝的溫熱洞穴中，捉住這個小個子的藍眼睛敵人。

第四隻斷手的主人，顯然什麼壞事都沒做過。當我在上尉說的無人地帶取出他的內臟時，從他的眼裡，我看得出這件事。從他眼裡，我看得出他是個好男孩、乖兒子，太年輕而尚未見識女色，但以後一定是個好丈夫。看吧，而我就非得這樣擄走他，像瘟神或死神玷汙純真。這就是戰爭：當神比人類的樂章遲了一步，當過多的命運之線同時纏在一起，神無法解開的時候。以神之實，我們不能怪罪神。誰知道呢，說不定祂想懲罰這位小個子士兵的父母，所以讓他戰死在我這黑人的手中？誰知道呢，說不定祂想懲罰他的祖父母，因為祂來不及懲罰小個子士兵的父母以讓他們矯正祖父母所犯下的錯誤？誰知道呢？以神之實，或許神延遲了祂對這位小個子士兵家族的懲處。神讓這名小個子士兵代替父母或祖父母所受的懲罰有多麼嚴厲，這件事我最清楚。因為當我將他體內的一切都掏出來放在外面，在他還活著的身軀旁邊堆成一小堆時，他和其他幾個人一樣痛苦。但我真的很快、很快就對他心生憐憫。他代替父母或祖父母所受的懲罰，我已幫忙減輕。殺他之前，我只讓他用淚眼祈求我一次。他不可能是將我比親兄弟還親的馬登巴・迪奧普開膛剖腹的那個人。他也不可能是用一顆小砲彈把我因為一封香水信而喪志的詼諧好友尚－巴提斯的頭顱炸成碎片的那個人。

當我將頭探進溫熱的壕溝，伸直雙臂不知逮住了誰時，這名小個子的藍眼睛敵人或許正在值勤。我架走他時，他的步槍還掛在肩膀上。值勤的士兵不該抽菸。在最深最黑的夜裡，微弱的藍色輕煙清晰可見。我是因為這樣才注意到他，我第四個戰利品、第四隻手的原主人，我那藍眼睛的小個子士兵。但是，以神之實，我確實在無人地帶對他心生憐憫。他第一次用盈滿淚水的藍色眼睛默默哀求時，我就立刻殺了他。是神讓他負責值勤。

當我返抵我們那邊的壕溝，帶著小小的第四隻手，以及那隻手曾經清潔、上油、裝填子彈、發射子彈的那把步槍，我的黑人戰友與白人戰友開始像迴避死神一樣躲著我。當我在泥濘中匍匐爬行返回壕溝，像黑色的曼巴蛇獵捕老鼠之後爬回巢內，再沒有人敢觸碰我。沒有人因看見我回來而欣喜。他們一定認為，第一隻斷手替尚－巴提斯這個瘋子帶來了厄運，而惡魔之眼會荼毒所有碰觸我的人，甚至會荼毒那些看見我的人。而且尚－巴提斯已經不在了，此後，他不會再引導其他人看見好的一面，渲染其他人因我活著回來而擁有的喜悅。萬事萬物都有兩面：好的一面、壞的一面。尚－巴提斯還活著的時候，他讓其他人看見我那些戰利品好的一面。「看，這是我的朋友阿爾法，他又帶回一隻手，連它的步槍也一起帶了回來。同袍們，歡呼吧！你們看，德國佬對我們發射的子彈，又少了好多顆！德國佬的手越少隻，德國佬的子彈就越少顆。我們以阿爾法為榮！」於是，其他士兵，無論黑人白人、巧克力或小白，全都被他影響而來，祝賀我將這些戰利品帶回我們朝天敞開的壕溝。所有人都讚揚我，直到第三隻手皆是如此。那時的我是英勇戰士，天生孔武有力，上尉這樣講了好幾次。以神之實，他們把好吃的留給我吃，幫我清洗乾淨，尤其是尚－巴提斯，他很喜歡我。但是，尚－巴提斯死去的那天晚上，當我像一條曼巴蛇似的鑽進地下蛇窟回到壕溝之後，他們開始躲我，如同躲避死亡。關於我的犯罪行為，壞的一面戰勝了好的一面。巧克力士兵們開始竊竊私語，說我是妖兵、是巫、是噬魂者，小白士兵們也開始相信他們。以神之實，萬事萬物都包含了它的反面。直到第三隻手為止，我都是戰爭英雄，但從第四隻手開始，我變成了一個危險的瘋子，嗜血殘暴的野蠻人。以神之實，世事就是如此，世界就是如此：萬事萬物都有兩面。

13

他們把我當成蠢蛋，但我不是。上尉和十字勳章巧克力步兵老前輩伊布拉希馬·賽克，他們想要我的七隻手，是想陷害我。以神之實，他們想要拿到我野蠻行徑的證據，這樣就能把我關起來，但我永遠不會告訴他們，我把我的七隻手藏在哪裡。他們絕對找不到。他們絕對想像不到，那些手被藏在多麼陰暗的地方，用布包著，保持乾燥。以神之實，少了這七個證物，他們就只能把我暫時送去大後方休息。以神之實，他們只能期待我休假結束回來時能被敵軍殺掉，這樣他們就能悄悄擺脫我。打仗時，如果我方的哪個士兵有問題，就讓敵軍來把他殺掉，這樣方便多了。

在我的第五隻手和第六隻手之間，有些小白士兵不願繼續服從亞孟上尉的進攻哨。那天，他們說：「不，我們受夠了！」他們甚至告訴亞孟上尉：「就算您吹響進攻哨，通知敵軍準備在我們衝出壕溝時射擊，我們也不會再出去了！我們拒絕死在您的哨音之下！」於是上尉對他們說：「是嗎，你們就這樣，不打算服從命令了？」那些小白士兵立刻回答：「不，我們不願再服從您的死亡之哨了！」當上尉確認他們確實不願繼續從命之後，當他察覺這批異議者只剩七人，而不像最初有五十人之後，他讓這七名罪人來到我們中間，他對我們下令：「把他們的手綁在背後！」等他們的手被綁在背後，上尉便對他們大吼：「你們這些懦夫，你們是法國的恥辱！你們害怕為國捐軀，但是呢，今天就是你們的死期！」

上尉要我們做的事，非常、非常醜惡。以神之實，我們從沒想過，有一天我們會用對待敵軍的方式，對待我們自己的弟兄。上尉要我們用裝滿子彈的步槍瞄準他們，倘若他們違抗上尉的最後命令，就格殺毋論。我們站在壕溝朝向天空敞開的一側，叛亂的弟兄們則在另一側，離我們只有幾步之遙。叛亂的弟兄們背對我們，面對著小小的梯子。七道小梯，用來在衝鋒的時候衝出壕溝。於是，所有人就位之後，上尉對他們大喊：「你們背叛了法國！但是，凡是服從我最後一道命令的人，會在死後獲得十字勳章。不從命者，我們會去函告知家屬，說他們是逃兵、投靠敵軍的叛徒。叛徒沒有撫卹金。他們的妻子不會收到半毛錢，他們的家庭不會收到半毛錢！」然後上尉吹響進攻哨，要我們這幾個弟兄衝出壕溝，去讓敵軍射殺。

以神之實，我從未見過這麼醜陋的事。上尉吹哨之前，我們的七名弟兄當中，有些人牙齒打顫，有些人的褲子溼了一圈。上尉吹哨之後，實在太恐怖了。若事態沒這麼嚴重，這場景幾乎令人發噱。由於他們的雙手被綁在背後，踩上那六、七級階梯變成一樁難事。他們踉蹌、滑倒，跪在地上驚恐尖叫，因為藍眼睛敵人很快就理解，上尉為他們獻上了獵物。以神之實，殺害我好友尚－巴提斯的砲兵長看見這些禮物之後，便立刻發射三枚狡詐的小砲彈，卻沒擊中第一個目標。但是第四枚砲彈在這位剛走出壕溝的弟兄身上爆炸，這名弟兄為了他的妻子和孩子們而英勇走出壕溝，他體內的一切全都迸裂開來，濺得我們滿身都是黑色的血。以神之實，我已習慣這場景，但我的同袍們，這些白人士兵黑人士兵，他們並不習慣看到這些。我們全都哭得很慘，尤其是叛亂的弟兄們，他們必須被迫離開壕溝，一個一個任人宰割，否則，他們死後就得不到十字勛章，上尉這樣說。也就是說，他們的父母拿不到撫卹金，他們的妻子與孩子們，都拿不到撫卹金。

以神之實，叛亂弟兄們的帶頭者非常勇敢。叛亂弟兄們的帶頭者名叫阿爾馮斯（Alphonse）。以神之實，阿爾馮斯是一名真正的勇士。

真正的勇士不怕死。阿爾馮斯宛如殘疾似的踉蹌走出壕溝，邊走邊嚷：「現在我知道我為何非死不可！我知道為什麼了。我是為了妳的撫卹金而死，奧黛特（Odette）！我愛妳，奧黛特！我愛妳，奧黛……」接下來，第五顆狡詐的小砲彈炸開了他的頭，像尚－巴提斯一樣，因為敵軍的砲兵長開始抓到位置了。腦漿像雨一樣灑在我們身上，也灑在其他叛亂的弟兄們身上，他們驚恐嚎叫，因為他們會死得和阿爾馮斯一樣。以神之實，我們全都為了叛亂弟兄們的死而哭泣。阿爾馮斯高喊的那些話，是十字勛章巧克力步兵老前輩伊布拉希馬・賽克翻譯給我們聽的。奧黛特能擁有他這樣的男人，著實幸運。阿爾馮斯，是條漢子。

但是，阿爾馮斯之後，還有五個人。剩下五個人，必須跟在帶頭者之後赴死。其中一人轉過身來，對我們哭嚎：「可憐可憐我們啊！兄弟們……兄弟們……可憐可憐我們啊……」這個叛徒是阿勒博，他不在乎十字勛章，不在乎上尉的撫卹金。他腦中沒有他的父母、他的妻子、他的孩子們。或許他沒有家人。上尉說：「射擊！」而我們開了槍。剩下四個。四個暫時還活著的叛亂弟兄。這四名弟兄為他們的家人表現得很勇敢。這四名弟兄一個接一個走出壕溝，像剛被砍頭、還稍微能跑的雞一樣蹣跚搖晃。但是，長達三十多次呼吸的期間，敵軍的砲兵長似乎懶得再浪費他的小顆砲彈。三十多次呼吸的期間，他似乎等候著，似乎用望遠鏡觀察這些送上門的獻祭品。三發落空之後，他擊中兩人。用掉五顆小砲彈，已經夠了。打仗時，不可以浪費大型彈藥來哄敵人開心，上尉是這樣說的。最後四名弟兄，是成群被普普通通的霰彈射死，最後的慘叫哽在喉嚨裡。

以神之實，七名叛亂的弟兄被上尉處死之後，就再也沒人造反。再也沒有叛亂。以神之實，我知道，我懂了，我從大後方休假回來之後，如果上尉想讓我被敵軍殺死，他一定會成功。我知道，我懂了，如果他要我死，我一定沒命。

但我不能讓上尉知道我明白了什麼事。以神之實，我絕不能供出七隻斷手的藏匿地點。所以，當上尉透過十字勳章巧克力老前輩伊布拉希馬・賽克的聲音，問我那些敵軍的斷手在哪裡時，我說我不知道，說我把它們弄丟了，說或許是叛亂弟兄的其中一人把它們偷走，想加罪我們所有人。「好吧，好吧，」上尉回道，「就讓那些斷手留在原處。讓它們隱匿不見。沒關係……沒關係……但你應該真的累了。你作戰的方式有點太過野蠻。我從來沒有命令你去砍敵軍的手！這樣不符軍規。但我睜一隻眼閉一隻眼，因為你有十字勳章。以一個巧克力來說，你很明白什麼叫做赴湯蹈火。你去大後方休息一個月，等你回來時，才有精神繼續作戰。你得答應我，回來之後，你不會再把敵軍弄得缺手斷腳，懂嗎？你只需要殺他們，不應讓他們斷手斷腳。文明的戰爭禁止這種事。懂了嗎？你明天出發。」

如果沒有我的巧克力十字勳章老前輩伊布拉希馬・賽克，如果沒有他一句又一句：「亞孟上尉說……」為我翻譯的話，那我完全不會懂上尉在說什麼。但是上尉說話期間，我數了將近二十次呼吸的時間，而伊布拉希馬・賽克老前輩翻譯的時間，只有十二次呼吸。所以上尉講的話當中，有些句子，我的巧克力十字勳章老前輩沒翻譯出來。

亞孟上尉個子不高，對稱的黑色雙眼總燃燒著怒火。那雙對稱的黑色雙眼充滿恨意，所有與戰爭無關的事物，他都痛恨。對上尉而言，人生，就是戰爭。上尉愛戰爭，像愛上一個任性的女人。上尉全心全意迷戀戰爭。他不斷地送她禮物，毫無節制地把士兵的生命獻給她。上尉，是吞噬魂魄的巫。我知道，我懂了，亞孟上尉是巫，他需要他的女人，也就是戰爭，這樣他才能活下去，而戰爭這女人也需要像他這樣的男人來支持她。

我知道，我懂了，為了能繼續和戰爭做愛，亞孟上尉會竭盡所能。我懂了，他把我當成一個危險的對手，我可能會擾亂他和戰爭的獨處時光。以神之實，上尉不要我了。我知道，我懂了，歸隊之後，我可能會被調到別的地方。以神之實，這樣的話，我就必須把我的斷手從藏匿處拿回來。但我知道，我曉得，這就是上尉的期望。他會找人監視我，說不定就是我的巧克力十字勛章老前輩伊布拉希馬．賽克。以神之實，他想拿到我的七隻斷手，用來當作證物，槍斃我，這樣他就有了掩護，可以繼續和戰爭上床。我離開的時候，他會叫人來搜我的行李。就像尚－巴提斯說的，他想逮住我放在包裡的斷手來個人贓俱獲。但我並不蠢。以神之實，我知道，我曉得怎麼應付。

14

我在大後方很好，很愜意。我待的這個地方，幾乎不再需要自己做任何事。我睡覺、吃飯，讓全身白衣的年輕美女照料我，其他什麼都不做。這裡沒有敵軍射來的致命小型砲彈、霰彈、轟隆隆的爆炸聲。

我並非獨自來到大後方。我的七隻斷手陪我一起來了。我是當著上尉的面把它們帶出來的。當著上尉的面，尚－巴提斯都這樣說。以神之實，它們就放在我的軍用行李箱的深處，幾乎連藏都沒藏。儘管用長長的白布仔細包裹，我還是認得出每一隻手。我的戰友們，這些黑人士兵和白人士兵，上尉命令他們在我出發時搜我的行李，但他們不敢打開我的軍用行李箱。以神之實，他們非常恐懼。我也推了一把，加深了他們的恐懼。我沒將行李箱上鎖，而是用一條細繩在桿子上面掛了一個護身符。以神之實，那個漂亮的紅色皮革護身符，是我年邁的父親在我出發前往戰場時給我的。我在這個漂亮的紅色皮革護身符上面畫了圖，嚇跑了所有窺視我行李的人，無論這些人是黑人白人、巧克力或小白。我真的畫得非常用心，以神之實。紅色皮革護身符上面這些圖，我是用一根小小的、尖銳的老鼠骨頭，蘸上燈油與灰燼的混合物畫出來的。我畫了一隻小小的、全黑的手，從手腕處截斷。一隻很小的手，真的很小很小，五隻小小的手指分得很開，指尖膨脹隆起，像我們稱為烏恩克（Ounk）*的半透明粉紅色蜥蜴的指頭。烏恩克的粉紅皮膚很薄，薄到連在黑暗中，都能看透牠的體內、看見牠的臟腑。烏恩克很危險，牠的尿液有毒。

以神之實，我畫的那隻手非常有效。我將護身符掛上行李箱的封箱桿之後，那些奉命要打開它搜尋斷手的人就不得不對上尉說謊，我根本無須把它們藏到別處。他們一定是向上尉發誓說，他們有搜我的行李，但沒找到那七隻斷手。有件事很肯定，就是無論黑人白人，他們都不敢碰我綁了護身符的行李箱。從第四隻斷手開始，這些士兵連看都不敢看我一眼，我在行李箱上面綁著的血紅色護身符，上面有個像刺青的黑色斷手，小小的指尖像烏恩克一樣膨脹隆起，他們怎麼可能敢打開它？這時候，我很高興被認為是巫，吞噬魂魄的巫。十字勛章巧克力老前輩伊布拉希馬·賽克過來檢查我的行囊時，他看見我那充滿巫術色彩的掛鎖，差點昏倒。他大概甚至懊悔自己看了它一眼。所有看見我那巫術風格掛鎖的人，以神之實，大概都責怪自己太過好奇。一想到這些愛打聽的膽小鬼，我就忍不住在腦子裡大笑，笑得非常、非常大聲。

---

* 譯注：Ounk是沃洛夫語，有些法國人稱其為「壁虎」。

我只在腦中這樣笑，在人前不會。我年邁的父親總對我說：「只有小孩子和瘋子，才會毫無理由地笑。」我已經不是小孩了。以神之實，戰爭讓我突然長大成人，尤其是在我比親兄弟還親的馬登巴・迪奧普死去之後。但是，儘管他死了，我還是在笑。儘管尚－巴提斯死了，我腦子裡還是在笑。對其他人來說，我只是微笑而已，我只允許自己微笑。以神之實，微笑會讓別人跟著微笑，像打呵欠一樣。我對人們微笑，他們也報以微笑。當我對他們微笑時，他們聽不見笑聲在我腦中爆發、迴盪。幸虧如此，否則他們會把我當成瘋狂至極的瘋子。那些斷手也一樣。它們從未洩露我對它們原來的主人做了什麼，它們從未透露，在上尉說的無人地帶，那些內臟在寒空中熱騰騰冒著煙。那些斷手從未講述我如何讓八名藍眼睛的敵軍肚破腸流。以神之實，沒人問我如何得到這些斷手。就連被藍眼睛砲兵長用一顆狡詐的小砲彈炸飛頭顱的尚－巴提斯，都沒問這個問題。我擁有的七隻手，就像我的微笑，同時展露而又隱藏了敵軍綻裂開來的腹部，使我悄悄放聲大笑。

笑會讓人跟著笑，微笑讓人跟著微笑。在大後方的療養中心，我隨時面帶微笑，因此大家都對我微笑。以神之實，就連那些半夜發出慘叫的巧克力或小白弟兄們，因為腦中迴盪著攻擊哨和戰爭的巨響而慘叫的這些士兵，他們見我面帶微笑，也會對我微笑。他們無法不笑，以神之實，他們無法克制。

高高瘦瘦、一臉憂鬱的弗蘭索瓦（François）醫生也一樣，他看見我就會微笑。上尉曾說我天生孔武有力，弗蘭索瓦醫生則用眼神告訴我，我長得很好看。以神之實，弗蘭索瓦醫生很喜歡我。他對其他人都吝於微笑，卻毫無節制地把微笑浪費在我身上。就因為微笑會讓人跟著微笑。

但是，以神之實，我以持續不斷的微笑所換得的微笑當中，我最喜歡的，是弗蘭索瓦小姐的微笑。她是弗蘭索瓦醫生眾多身穿白衣的女兒其中一個。以神之實，弗蘭索瓦小姐非常喜歡我。以神之實，弗蘭索瓦小姐和她父親抱持相同意見，雖然她不知道這件事。她也用她的眼神告訴我，我長得很好看，但接下來，她看著我的身體中央，那眼神讓我理解，她腦子裡想的不是我的臉。我知道，我懂了，我感覺得到她想和我做愛。我知道，我曉得，我感覺得到她想看我全裸的模樣。看見她的眼神，我就懂了，那是和法麗．蒂雅姆（Fary Thiam）一樣的眼神。法麗．蒂雅姆在河畔的烏木林裡讓我占有了她，那是我出發去打仗之前幾個小時的事。

法麗．蒂雅姆握著我的手，凝視我的雙眼，然後低調地看向比較下面的地方。我們和一群朋友聚在一起，法麗起身告辭。她離開之後不久，我向大家道別，遠遠地跟在法麗身後，往河流那邊走去。貢迪歐勒村裡的人不喜歡在夜裡到河岸散步，因為害怕觸怒河神瑪媚．庫姆巴．

邦（Mame Coumba Bang）*。幸虧如此，我和法麗・蒂雅姆沒遇到半個人。我和法麗非常、非常渴望做愛，所以不怕這位女神。

以神之實，法麗・蒂雅姆一次都沒回頭。她走向河岸低處一座小小的烏木林。她消失於樹林中，我跟隨著她。再度看見法麗時，她倚靠著一棵樹，身影隱隱約約，面對我站著，她在等我。當時是滿月，但樹林濃密，陰影蓋住月光。我隱約看見法麗倚靠著一棵樹，但以神之實，我連她的臉都看不清楚。法麗把我拉向她，我感覺到她是赤裸的。法麗・蒂雅姆聞起來有薰香的味道，還有河水伴隨植物的氣息。法麗脫掉我的衣服，我隨她擺布。法麗把我拉到地上，我趴在她身上。在法麗之前，我沒體驗過女人。在我之前，法麗沒體驗過男人。不知怎麼辦到的，但

＊編注：傳說中生活在塞內加爾聖路易城的女神，她與人民和諧相處，擁有控制塞內加爾河的能力，以保護他們免受危險水流的影響。當發生洪水、魚類資源缺乏、海岸線迅速侵蝕等現象，人們會認為是觸怒河神造成的結果。

我進入了法麗的身體裡面。以神之實，法麗的身體裡面很軟、很熱、很溼，令人難以置信。我停了很久，沒有移動，我在法麗的體內顫抖。然後她突然開始在我下方擺動臀部，先是慢慢扭動，接著越來越快。要不是我就在法麗的體內的話，我一定會笑出來，因為我們看起來一定很滑稽：我也開始胡亂搖動腰部，我做每個動作，法麗．蒂雅姆都用她腰部的動作來回應我。法麗一面呻吟一面用力扭腰來撞擊我，我也一面呻吟一面用力搖動腰部來回應她。以神之實，要不是因為太舒服，要是我停下來看看我們緊貼對方四肢亂顫的這副模樣，我一定會狂笑。但我沒辦法笑，我只能在法麗．蒂雅姆的體內發出愉悅的呻吟聲。一直這樣往各個方向擺動我們的身體，該發生的總會發生。我在法麗體內到達高潮，我一面大叫一面高潮。感覺很強烈，比自己用手好太多了。最後，法麗．蒂雅姆也叫出聲來。幸好沒人聽見。

我和法麗起身時，兩人幾乎都站不穩。在烏木叢的陰影中，我看不見她的眼神。但那夜明明是滿月，碩大的圓月，幾乎是橙黃色的，像一顆小小的太陽，倒映在滿布植物的河水上。月亮四周星光黯然，但烏木叢為我們遮住了月光。法麗．蒂雅姆穿回她的衣服，也幫我穿好衣服，像幫幼兒穿衣服一樣。法麗親吻我的臉頰，然後朝著貢迪歐勒村走去，沒有回頭。我留在原地，凝視河流上方燃燒的月亮。我在那兒待了很久，看著燃燒的河流，腦中一片空白。以神之實，那是我上戰場之前，最後一次看見法麗．蒂雅姆。

15

弗朗索瓦醫生的眾多女兒之一，弗蘭索瓦小姐，穿著一身白衣，看著我，就像法麗・蒂雅姆那晚想和我在燃燒的河邊做愛時看著我一樣。我對弗蘭索瓦小姐微笑，她和法麗一樣，是個非常美麗的少女。弗蘭索瓦小姐有一雙對稱的藍色眼睛。我第一次對弗蘭索瓦小姐微笑時，她微笑回應，她的眼神在我身體中央逗留了一陣子。弗蘭索瓦小姐和她父親弗蘭索瓦醫生不一樣。以神之實，她很有活力。弗蘭索瓦小姐用她那雙對稱的藍色眼睛告訴我，她覺得我從頭到腳都很好看。

但是，如果我比親兄弟還親的兄弟馬登巴・迪奧普還活著的話，他一定會說：「不對，你騙人，她沒有跟你說你好看。弗蘭索瓦小姐沒有說她想要你！你說謊，那不是真的，你又不會說法語！」但我不需要懂法語，就能看懂弗蘭索瓦小姐用眼神傳達的訊息。以神之實，我知道我很好看，每雙眼睛都這樣告訴我。藍眼睛、黑眼睛、男人的眼睛、女人的眼睛。法麗．蒂雅姆的眼睛這樣說，貢迪歐勒村的女人無論老少，每個女人的眼睛都這樣說。當我幾乎全身赤裸在沙地上打搏擊戰時，我所有的朋友，無論是男孩還是女孩，都會用眼神告訴我，我很好看。我打搏擊戰時，就連馬登巴．迪奧普這個瘦巴巴的矮個子、我比親兄弟還親的兄弟，連他的眼神都不禁告訴我，我是最好看的。

馬登巴．迪奧普有權對我說任何他想說的話，他可以嘲笑我，因為親族間的玩笑准許他這樣做。馬登巴．迪奧普可以挖苦或譏諷我的為人，因為他比我的親兄弟還要親。但是，馬登巴從來無法批評我的外貌。我實在太好看，我微笑時，所有人都會對我微笑，除了無人地帶那些犧牲者，他們是唯一的例外。當我露出我那非常非常潔白、排列整齊的牙齒時，就連全世界最會嘲笑別人的馬登巴・迪奧普，也都忍不住要露出他醜陋的牙齒。但是，以神之實，馬登巴絕對不會承認他羨慕我那非常非常潔白的漂亮牙齒、非常非常雄壯的胸膛和肩膀、緊實的腰腹、肌肉結實的大腿。馬登巴只會用眼神表達他既羨慕也熱愛我的心情。當我連續打贏四場搏擊，月光皎潔，我身上流淌暗色的光，被成群男男女女的仰慕者團團包圍時，馬登巴的眼神總對我說著：「我嫉妒你，但我也愛你。」他的雙眼告訴了我：「我真希望能成為你，但我也以你為傲。」正如這凡塵俗世的萬事萬物，馬登巴看我的眼神也有正反兩面。

如今我已遠離戰場，遠離我比親兄弟還親的馬登巴喪命的那場戰役，遠離那些炸飛頭顱的狡詐小砲彈以及從金屬天空大粒大粒落下的鮮血戰爭，遠離亞孟上尉和他的死亡之哨，遠離我的十字勛章巧克力老前輩伊布拉希馬・賽克，我想，我真的不該嘲笑我的摯友。馬登巴的牙齒很醜，但他很勇敢。馬登巴的胸廓像鴿子一樣小，但他很勇敢。馬登巴的雙腿瘦得嚇人，但他是一名真正的戰士。我知道，我懂了，我不該用那些話來逼他向我證明他很勇敢，我早已知道他很勇敢。我知道，我懂，馬登巴死去那天，當亞孟上尉吹響攻擊哨時，他率先衝出去，是因為他既羨慕我又愛我。他想向我證明，真正的勇敢，不需要漂亮的牙齒、雄壯的肩膀、寬敞的胸膛，以及非常、非常強壯的手腳。所以，最後，我認為，殺害馬登巴的，不只是我說的話。殺害他的，不只是我嘲笑迪奧普家圖騰的那些玩笑話、那些和戰場天空落下的金屬顆粒一樣傷人的玩笑話。我知道，我懂了，我的健美、我的力量，也是殺害馬登巴的元凶之一。比親兄弟還親的兄弟，對我又愛又嫉的兄弟。殺害他的，是我這具身軀的力與美，是那些女人落在我身體中央的目光。是那些愛撫我肩膀、胸膛、雙臂雙腿的眼神，那些凝望我整齊齒列與我自豪的鷹勾鼻的眼神，殺害了他。

早在戰爭開打之前，在馬登巴・迪奧普和我一起上戰場之前，就已經有人試圖離間我們。以神之實，貢迪歐勒村的一些壞心人，企圖讓我們遠離彼此，那時，他們就告訴馬登巴我是巫，吞噬魂魄的巫，說我在馬登巴沉睡時，一點一滴吸走他的生命力。這件事是法麗・蒂雅姆告訴我的，她很愛我們兩個。貢迪歐勒村這些人告訴馬登巴：「你看阿爾法・恩迪亞耶多麼健美，看看你自己多瘦、多醜。是他吸走你所有的生命力，他犧牲你來圖利他自己，因為他是巫，吞噬魂魄的巫，他對你冷酷無情。遠離他吧，別再和他見面，不然你會漸漸粉碎。你體內會乾涸殆盡，化作塵灰！」馬登巴雖聽見這些壞話，卻從未拋下我，讓我獨自背負這鋒芒閃耀的健壯之美。以神之實，馬登巴從未相信我是巫。相反地，當我見他回家時嘴巴裂傷，我從沒想到，他是為了捍衛我的名譽而和貢迪歐勒村這些壞心眼的人打架。這是馬登巴和我上戰場之前，法麗・蒂雅姆告訴我的。多虧愛著我們兩人的法麗，我才曉得，儘管馬登巴的胸廓小得像鴿子，儘管他的雙臂和雙腿瘦得嚇人，我這位比親兄弟還親的兄弟，並不畏懼比他強壯之人的拳頭。以神之實，當你的胸膛像我一樣寬、四肢和我一樣強而有力，就更容易勇敢。但真正的勇士，是像馬登巴那樣，儘管弱小，卻不怕拳頭。以神之實，現在，我可以對自己坦承，馬登巴比我勇敢多了。但我太晚知道、太晚理解，我應該在他還沒死的時候，告訴他這件事。

儘管我不懂弗蘭索瓦小姐的法語，但我懂她眼神落在我身體中央的訊息。那並不難懂。法麗．蒂雅姆，以及所有想要我的女人們，都擁有一樣的眼神。

但是，以神之實，在戰前的世界，我從來都不會想要除了法麗．蒂雅姆以外的女人。法麗不是我同齡女生裡面最美的，但她的微笑最能激盪我心。法麗非常、非常讓人心動。法麗的嗓音很溫柔，像清晨在河面靜釣的小舟所劃出縱橫交錯的水痕所掀起的汩汩水聲。法麗的微笑是溫煦的曙光，她的臀部像隆普勒（Lompoul）沙漠*的沙丘一樣渾圓。法麗的雙眼像母鹿也像獅。有時是陸上的龍捲風，有時是靜謐的海洋。以神之實，為了贏得法麗的愛，我甚至可能會因此失去馬登巴的友誼。幸好法麗選了我，而非馬登巴。幸好，我比親兄弟還親的兄弟在我面前退出了。幸虧法麗在所有人面前選擇了我，所以馬登巴才會放棄。

她是在一個雨季的夜裡選擇了我。我們一群同齡的年輕人，策劃了一場深夜晚會，大家在馬登巴的父母家裡徹夜不眠，直至天明，試著用風趣的言詞出鋒頭。在馬登巴家的院子裡，我們和同齡的女生們一起吃點心、喝薄荷茶。我們用迂迴的語言談論愛情。我們湊了錢，在村裡的商店買了三包薄荷茶、一大塊用藍色紙張包起來、圓錐體形狀的糖。我們用這些糖加上小米，製作了一百多個小糕點。我們在馬登巴家中院子的細沙地上，鋪了大片大片的蓆子。夜幕降臨時，我們將七個紅色瓷釉小茶壺放在七座小爐熾熱的支架上，火花燃燒劈啪作響。我們仔細地將那些糕點擺在金屬托盤上，那是從店裡租來的法國彩釉仿製品。我們穿上自己最好看的襯衫，顏色越淺越好，才能在月光下閃閃發亮。我沒有襯衫，馬登巴給了我一件，穿在我身上顯得過小，但當和我們同齡的十八名少女走進馬登巴家的院子時，我仍舊閃閃發光。

我們剛度過十六載人生，我們全都想得到法麗．蒂雅姆，而她明明不是最美的。法麗．蒂雅姆在所有人當中，選擇了我。她一見我坐在蓆上，就過來盤腿坐在我身邊，她的左腿甚至碰到我的右腿。以神之實，我以為我的肋骨會被心臟撞碎，它跳得好快、好快、好快。以神之實，從那一刻開始，我知道了什麼是幸福。法麗在皎潔月光下選擇了我，那

＊　編注：位於塞內加爾聖路易城以南的小型沙漠，以橙色沙丘為特徵，形成的景觀比塞內加爾周邊地區更類似於撒哈拉和茅利塔尼亞，是塞內加爾的熱門旅遊勝地。

一刻的快樂，什麼都無法比擬。

我們剛度過十六載人生，我們想要歡笑。我們輪流講一些逗趣的故事，其中暗藏許多機靈狡詐的言外之意。我們還自創了一些猜謎遊戲。馬登巴的弟弟妹妹們溜過來加入我們，聽我們說話，然後一個個睡著了。我感覺自己宛如地球之王，因為法麗選擇了我，而非別人。我牽起法麗的左手，用我的右手緊緊握住，她任我握住她的手，她信賴我。以神之實，沒人比得上法麗．蒂雅姆。但法麗不願獻身給我。在所有人當中選了我的那一夜之後，每次我要求她讓我進入她體內，她都拒絕。四年期間，法麗總說「不」、「不」、「不」。同齡的男孩與女孩絕對不能做愛。就算選擇對方成為終生的親密友伴，同齡的男女永遠不能結為夫妻。我知道，我曉得這條不可違逆的規矩。以神之實，我曉得這條祖傳的規矩，但我不接受。

或許，早在馬登巴還沒死的時候，我就已經開始用自己的力量思考。就像上尉說的，無火不生煙。就像游牧民族富拉尼人（Peuls）*的諺語：「破曉時，我們便已能猜到今天天氣好壞。」或許我的心靈早已開始懷疑責任義務發出的聲音，它衣冠楚楚裝扮過度，不可能誠心誠意。或許我的心靈早已準備對那些假扮為人性法則、卻毫無人性的規矩說「不」。儘管法麗拒絕我，我仍抱持希望，雖然我知道、我懂法麗為何一直對我說「不」，直到我和馬登巴上戰場的前一天。

* 編注：非洲的游牧民族之一，大部分聚居於從塞內加爾到北喀麥隆的薩赫勒地區，也散居於包括奈及利亞在內的西部非洲。

16

以神之實，弗蘭索瓦醫生是個好人。弗蘭索瓦醫生給我們時間思考，讓我們有時間回歸自我。弗蘭索瓦醫生把我和其他人聚集在一間大房間，裡面有桌子和椅子，像學校一樣。我從來沒上過學，但馬登巴有。馬登巴會說法語，我不會。弗蘭索瓦醫生就像是學校的老師。他要我們坐在椅子上，而他女兒弗蘭索瓦小姐穿著一身白衣，在每張桌子上面擺放了一張紙和一支鉛筆。接下來，弗蘭索瓦醫生做個手勢，要我們在紙上畫出自己想畫的任何事物。我知道，我懂，在那副放大他雙眼的眼鏡後面，弗蘭索瓦醫生用他那雙對稱的藍色眼睛，看著我們頭腦的內裡。他那雙對稱的藍色眼睛，和那些想用詭詐的小砲彈來炸飛我們頭顱的敵軍不一樣。他用銳利的對稱藍色眼睛仔細觀察我們，是為了拯救我們的頭腦。我知道，我懂，我們畫的圖，是為了幫助他把我們心靈中關於戰爭的髒東西洗乾淨。我知道，我懂，弗蘭索瓦醫生，他是來淨化我們被戰爭弄髒的頭腦。

以神之實，弗蘭索瓦醫生能讓人平靜。弗蘭索瓦醫生幾乎從不開口對我們說話。他只用眼神對我們說話。這樣也很好，因為我不會說法語，不像馬登巴上過白人的學校，所以會說法語。所以，我用圖畫對弗蘭索瓦醫生講話。弗蘭索瓦醫生很喜歡我畫的圖，他微笑地看著我時，用那雙對稱的藍色大眼這樣告訴我。弗蘭索瓦醫生點個頭，我就理解他想說什麼。他想告訴我，我畫的圖很美、很能講述事情。我很快就知道、就懂了，這些圖述說著我的故事。我知道，我懂，弗蘭索瓦醫生閱讀我的畫，像讀故事一樣。

我在弗蘭索瓦醫生給的紙畫下的第一幅畫，是一個女人的頭像。我畫了我母親的頭像。以神之實，記憶中的母親很美，我畫中的她，梳了富拉尼風格的盛重髮型，戴了許多富拉尼風格的琳瑯珠寶。弗蘭索瓦醫生看見我畫中種種美麗的細節，簡直不敢置信，他眼鏡後面那雙對稱的藍色大眼，清清楚楚告訴了我這件事。我只用一枝鉛筆，就讓母親的頭像栩栩如生。我很快就知道，就懂了，像這樣一幅母親的鉛筆肖像畫，是什麼讓它栩栩如生。讓一張紙擁有生命力的，是光與影之間的對比。我在母親那雙大大的眼睛裡，畫了閃耀的光芒。這些光芒，來自我沒用鉛筆塗黑的白紙空隙。除此之外，她這幅頭像的生命力，也來自我用鉛筆輕塗紙面的許多小塊碎片。以神之實，我知道，我懂了，我找到了方法，用一枝簡簡單單的鉛筆，就能告訴弗蘭索瓦醫生，我的母親有多美，她來自富拉尼族，耳朵戴著繞成螺旋狀的金色沉重耳墜，鷹勾鼻的鼻翼上有細緻的金紅鼻環。我能告訴弗蘭索瓦醫生，我童年記憶中的母親有多美，她的眼瞼塗著黑色眼影，抹了胭脂的嘴唇微張，露出漂亮的潔白牙齒，齒列非常、非常整齊，茂密髮辮綴滿金飾。我以光和影來畫她。以神之實，我想，我的畫如此具有生命力，弗蘭索瓦醫生一定已經聽見她用畫出來的雙唇說，她雖離去，但並未忘記我。他一定已經聽到她說，她獨自離開，把我留給年邁的父親，但她始終愛我。

母親是父親的第四任妻子，也是最晚娶的妻子。她是他歡樂的泉源，後來又成為他苦痛的根源。母親是尤羅．峇（Yoro Ba）唯一的一個女兒。尤羅．峇是游牧的富拉尼族，每年旱季遷往南方的時候，都會帶著他的牛群經過我父親的耕地。他的牛群平時駐紮於塞內加爾河谷，旱季時則遷徙至貢迪歐勒村附近的尼亞伊（Niayes）平原，那裡四季青草茂密。尤羅．峇很喜歡我的父親，因為這名年邁的男子允許他取用田裡的井水。以神之實，貢迪歐勒村的農民都不喜歡富拉尼族的游牧者。但我父親和其他農民不一樣。我父親在田地中央闢了一條路，讓尤羅・峇的牛群得以前往我父親的井邊喝水。我的父親總對那些願意聽他意見的人說，總得讓所有人都能活下去。我的父親天生熱情好客。

將這麼美好的禮物，送給一個配得上富拉尼之名的富拉尼人，是不可能沒有回報的。像尤羅・峇這樣一個配得上富拉尼之名的富拉尼人，將牛群牽進我父親田裡去喝他的井水，不可能不用一個非常、非常重要的禮物來回報他。以神之實，這件事是母親告訴我的：無法回報他人餽贈的富拉尼人，可能因過度悲傷而死。她告訴我，一個富拉尼人身上若只剩下他的衣服可以用來酬謝吟詩奏樂的巫師，那他可能會脫光衣服來酬謝他。她告訴我，一個配得上富拉尼之名的富拉尼人，甚至可能會割下自己的耳朵來酬謝吟詩奏樂的巫師，若他身上真的什麼都不剩，就只能交出身體的一部分。

尤羅・峇是個鰥夫，對他而言，除了那群黑牛、白牛、紅牛之外，最重要的，便是他除了五個兒子之外唯一的女兒。以神之實，對尤羅・峇而言，他的女兒潘朵・峇（Penndo Ba）是無價之寶。對尤羅・峇而言，他女兒應該嫁給一個王子。潘朵值得一份皇家等級的聘金，至少也該有一批和他的牛群規模相當的牲畜，至少也該有三十隻來自北方摩爾人（Maures）[*]的單峰駱駝。以神之實，這是我母親告訴我的。

因為尤羅・峇是一個配得上富拉尼之名的富拉尼人，所以他告訴我爸這名年邁的男子：明年旱季遷移的時候，他會把自己的女兒潘

＊編注：指中世紀伊比利半島、西西里島、薩丁尼亞、馬爾他、科西嘉島、馬格里布的穆斯林居民。主要由阿拉伯人和柏柏爾人組成，也有伊比利半島出身的土著穆斯林。

朵．峇送給他當太太。尤羅．峇不要聘金。他只要求一件事，希望我父親敲定他和潘朵結婚典禮的日期。尤羅．峇會準備一切，他會購買新娘的服飾與繞成螺旋狀的純金珠寶。婚禮當天，他會宰殺牛群中的二十頭牛。他會準備法國製造的輕軟印花棉布、沉甸甸的刺繡棉布、十幾公尺長的昂貴布匹，用來酬謝吟詩奏樂的巫師。

　　當一個配得上富拉尼之名的富拉尼人，把他摯愛的女兒嫁給你以表謝意時，你不能說「不」。你可以對一個配得上富拉尼之名的富拉尼人說：「為什麼？」但你不能對他說「不」。以神之實，我父親問尤羅．峇：「為什麼？」而尤羅．峇這樣回答他，這是我母親告訴我的：「巴西魯．庫姆巴．恩迪亞耶（Bassirou Coumba Ndiaye），你只是一個農民，但你很高貴。正如富拉尼人一句諺語：『只要人還沒死，他就不斷重生。』我這輩子看過很多人，但沒有一個像你一樣。我汲取你的德行，使我自己成長為有德行之人。既然你像王子一樣熱情好客，我把女兒潘朵嫁給你，便是將我的血融入一個不知自己是王的國王之血。我把潘朵嫁給你，便是調和動與不動、調和停止的時間與流逝的時間、調和過往與現今。我調和落地生根的樹木以及吹動樹葉的風，調和大地與天空。」

當一個富拉尼人要把自己的血脈交給你，你不能說「不」。於是，我父親雖然年邁，雖然已有三個太太，但在她們的同意之下，他對迎娶第四個太太這件事說了「好」。我父親的第四個太太潘朵．峇，生下了我。

但是，潘朵．峇結婚七年後，我出生六年後，尤羅．峇和他的五個兒子，以及他們的牛群，並未返回貢迪歐勒村。

接下來的兩年期間，潘朵．峇的生活只剩一件事：等候他們回來。第一年，潘朵和她的丈夫、另外三個太太、還有她的獨生子——也就是我，都維持親切和氣的態度，但她不快樂。她再也無法忍受靜佇不動的生活。潘朵才剛剛脫離她的童年，便嫁給我父親這名年邁男子。她是因為敬重尤羅．峇而嫁給我父親，為了信守承諾而嫁給他。潘朵最後終究還是愛上了我的父親巴西魯．庫姆巴．恩迪亞耶，因為他完完全全和她相反。他年長得像一片永恆不變的風景，她青春得像是變幻莫測的天空。他像猢猻樹一樣堅定不移，而她是風的女兒。有時候，最極端的兩極會彼此吸引，因為差異如此巨大。潘朵最終還是愛上了我的父親，因為這名年邁男子集結了大地的所有智慧、四季流轉的澈悟。我年邁的父親敬慕潘朵，因為她擁有他沒有的特質：變動不定、變化無常的歡樂、嶄新的可能。

潘朵忍受了七年的停駐生活，但這是有條件的，條件是她的父親、五個兄弟和牛群每年都會返回貢迪歐勒村探望她。他們身上帶著旅行的氣息、紮營於灌木叢中的味道、通宵守夜提防飢餓獅群的氣味。他們眼中帶著那些迷途牛隻的回憶，無論是死是活，他們總會找到牠們，絕不會拋下牠們。他們會向她述說那些風塵僕僕的路途，白天在沙塵中消失不見的路，夜裡在星光下重新顯現。每一次，當他們牽著大群黑牛、白牛、紅牛，前往四季都有青草的尼亞伊平原，經過貢迪歐勒村時，他們都會用宛如歌謠的富拉尼語，向她報告這一年的游牧生活。

唯有在等待之中度日，潘朵才能忍受貢迪歐勒村。他們不再出現的第一年，潘朵便開始枯萎凋零。隔年他們也沒出現，潘朵．峇就此失去笑容。旱季期間——他們通常會在的這段期間，她每天早上都帶著我去看從前尤羅．峇會讓牛群飲水的井。她用悲傷的眼神，看著田中央那條由我父親為他們開闢的路。她豎起耳朵，盼望聽見遠方傳來尤羅．峇和兒子們牛群的哞哞聲。在村莊最北方的邊界悄悄等候好幾個小時後，我們才緩緩走回貢迪歐勒村，我偷偷看著她的雙眼，充滿了慌亂、寂寞、和悔恨。

九歲那年，我那深愛著潘朵．峇的父親，叫她出發去尋找尤羅．峇，找她的兄弟和牛群。我父親寧願她走，也不願她死。我知道，我懂，我父親寧願她活在離他很遠的地方，也不願她成為他家門前的一具死屍，躺在貢迪歐勒村的墓園裡。我知道，我懂，因為潘朵一離開我們，父親就成了一個老人。一夜之間，他的頭髮全白了。一夜之間，他的背駝了。一夜之間，我父親不再移動。潘朵一走，父親就開始等候她。以神之實，沒有人打算嘲笑他。

潘朵本來想帶我一起走，但我年邁的父親拒絕了。父親說我還太小，不適合出去冒險。帶著幼童太累贅，更難找到尤羅．峇。但我知道，我懂，父親其實害怕，如果我和潘朵一起走，她或許就永遠不會回來了。如果我留在貢迪歐勒村，他就可以肯定她有個非常、非常重要的理由必須回家。以神之實，父親很愛他的潘朵。

母親潘朵．峇啟程前不久的一個夜裡，把我緊緊抱在懷裡。她對我講起宛如歌謠的富拉尼語，自從我不再聽見這語言，我就不再理解這語言。她說我已經是個大男孩，她要我聽她解釋。她必須知道我外公、舅舅們和牛群發生了什麼事。你不能拋棄賜予你性命的人，永遠不能。一旦弄清楚這件事，她就會回來，她永遠不會拋棄她賜予性命的我。以神之實，母親說的話讓我覺得好過一點，卻也讓我難受。她緊緊抱住我，不再言語。我和父親一樣，她一走，我就開始等待。

我年邁的父親叫我同父異母的哥哥恩狄亞嘉（Ndiaga）送潘朵啟程，恩狄亞嘉是漁夫，他划船將潘朵載到他能力所及的最遠處，先沿著河流往北走，接著東行。父親准我與母親同行半天。恩狄亞嘉在他的船後面綁了一艘小舟，載著我和母親，還有負責送我回貢迪歐勒村另一個同父異母的哥哥薩里烏（Saliou）。我和母親並肩坐在船頭的長凳上，手牽手，靜靜地。我們一同望向天際，但眼裡其實沒有風景。船左搖右擺，方向難以預測，不時將我的頭推向潘朵裸露的肩膀。我用右耳感受她肌膚的溫暖瞬間。最後我攀著她的手臂，好讓我的頭能一直緊貼著她的肩膀。在村裡的河岸啟程時，我們把凝乳澆進河裡當作供品，但我好希望河神瑪媚・庫姆巴・邦把我們久久困在河流中央。我向祂祈禱，願祂用長長的河水手臂纏繞我們的船，願祂用深色水藻的秀髮阻擋我們前進的速度，儘管我兩個哥哥用力划槳，規律地拍打河神的背，在強勁的水流中逆流而上。恩狄亞嘉和薩里烏氣喘吁吁，兩人的苦工在水面劃出不可見的波紋，他們都不說話。他們為我難過，也因我母親必須和獨生子分開而感到悲傷。就連我同父異母的哥哥們，也都很喜歡潘朵・沓。

分離的時候到了。我和哥哥們沉默不語，我們低著頭，低垂雙眼，併攏雙手，伸向我母親，讓她給我們祝福。我們聽她喃喃說著陌生的禱詞，長長的祝福禱詞，出自另一個版本的、她比我們瞭解的古蘭經。等她唸完之後，我們將手掌貼上自己臉頰，盛接她禱詞的每一絲氣息，彷彿啜飲泉水。然後薩里烏和我移到小舟裡。恩狄亞嘉解開船索的動作很粗暴，因為他壓抑著自己的怒火，他很氣自己盈眶的淚水。母親最後一次深深凝視我，以將我的模樣銘刻在她的記憶裡。接下來，當我的小舟被汩汩水流緩緩帶走時，她轉過身去，背對著我。我知道，我懂，她不希望我看見她哭。以神之實，一個配得上富拉尼之名的富拉尼女子，不會在她的兒子面前哭泣。而我，我哭得很慘、很慘。

沒人知道潘朵・峇發生了什麼事。我同父異母的哥哥恩狄亞嘉划著船，一路將她載到聖路易城。他在那兒將她託負給一個名叫薩迪布・莒葉（Sadibou Guèye）的漁夫，莒葉收下一頭綿羊作為報酬，承諾他會用自己的商船將她載到迪耶利（Dièri）地區的瓦拉德（Waladè），那是尤羅・峇和五個兒子以及牛群通常會在這個季節紮營的地方。但河水水位太低無法航行，薩迪布・莒葉便將潘朵・峇託付給他的一個表兄弟，他名叫巴達拉・迪歐（Badara Diaw），會陪她沿著河岸步行至瓦拉德。有人在姆博約（Mboyo）村莊不遠處看見他們，但之後他們就在叢林中消失了。我母親和巴達拉・迪歐從未抵達瓦拉德。

我們之所以得知這件事，是因為我父親等了一年之後，不想再痴痴苦等潘朵與尤羅・峇的消息，於是叫我同父異母的哥哥恩迪亞耶去找薩迪布・莒葉，而薩迪布・莒葉立刻前往波多爾（Podor），也就是巴達拉・迪歐居住的地方。巴達拉・迪歐的家人在他失聯一個月之後，便已派人去當時他和我母親預計走的路上找他。薩迪布・莒葉的家人肝腸寸斷，哭著告訴薩迪布・莒葉，他們認為發生了什麼事。他們非常肯定，巴達拉和潘朵一定是在經過姆博約村之後，被十幾名騎馬的摩爾人擄走了。姆博約的村民看見他們在河岸邊出沒。北方的摩爾人會抓黑人去當奴隸。我知道，我懂，他們看見那麼美麗的潘朵・

峇，不可能不把她抓去賣給他們的大酋長以交換三十頭單峰駱駝。我知道，我曉得，他們把她的旅伴巴達拉．迪歐也抓走，是為了讓我們不知該找誰復仇。

聽聞潘朵．峇被摩爾人擄走之後，父親就徹徹底底老了。他還是面帶笑容，還是會對我們微笑，開世界玩笑也開自己玩笑，但他已非同一個人。以神之實，他的青春突然就失去了一半，生之喜樂也失去了一半。

17

我畫給弗蘭索瓦醫生看的第二幅畫，是我的好友、比親兄弟還親的兄弟，馬登巴的肖像。這幅畫沒那麼好看。不是因為我沒畫好，而是因為馬登巴很醜。即便那並不完全是真的，但我現在還是會這樣想，因為儘管我們現在天人永隔，但我們始終會開那些關於親族血緣的玩笑。馬登巴的外表雖然沒有我好看，但他的內在比我美多了。

我的母親一去不回之後，馬登巴讓我住進了他家。他牽著我的手，帶我踏上他父母家的土地。我搬進馬登巴家的過程是漸進的。先是在那兒過一夜，然後連睡兩夜，後來則連續住三天。以神之實，我慢慢融入了馬登巴一家。我沒有媽媽了。馬登巴很同情我，比貢迪歐勒村的任何人都還要同情我，他希望他媽媽認我當兒子。馬登巴牽著我的手，把我帶到亞蜜娜妲．薩荷（Aminata Sarr）面前。他讓他母親握著我的手，對她說：「我要阿爾法．恩迪亞耶住在我們家，我要妳當他的媽媽。」我父親的另外三個太太，人並不壞，她們甚至對我滿好的，尤其是大老婆，也就是恩狄亞嘉和薩里烏的母親。但儘管如此，我還是慢慢離開了我的家庭，加入了馬登巴一家。我年邁的父親答應了，他什麼都沒說。馬登巴的母親亞蜜娜妲．薩荷想認我當兒子時，我父親說「好」。他甚至還要求他的大老婆艾妲．姆班革（Aïda Mbengue）在每年的古爾邦節（Tabaski）*宰殺綿羊之後，將最肥美

---

*譯注：又譯「宰牲節」，也稱「大節」，是伊斯蘭教的重要節日。沃洛夫人的節日大致與伊斯蘭教的主要節日相同，這天則是他們一年中最重要的慶典，又稱「羔羊盛宴」。在節慶當天會到清真寺做禮拜，隨後宰殺羔羊，並邀請親朋好友一同參加，孩子們也會在這天收到新的衣物與金錢饋贈。

的部位送給亞蜜娜妲．薩荷。後來，他甚至每年都把一整頭獻祭的綿羊送到馬登巴家裡。我年邁的父親，他看見我時，總不禁想哭。我知道，我懂，我和他的潘朵太像了。

漸漸地，悲傷遠離，漸漸地，在時間流逝的幫助之下，亞蜜娜妲．薩荷和馬登巴使我忘記了椎心的痛苦。一開始，馬登巴和我會去灌木叢裡玩耍，我們總往北邊去。他和我，心照不宣，我們知道、我們懂為什麼。我們默默抱持希望，希望能搶先他人看見我母親潘朵、還有尤羅．峇、他五個兒子以及牛群返回這裡。我們告訴亞蜜娜妲．薩荷，說我們要去北方探險一日遊，去設陷阱捕捉非洲地松鼠、用彈弓獵斑鳩。她為我們祝禱，並給了我們一些食糧、三把鹽、一壺清涼的飲用水。當我們逮到地松鼠或斑鳩，清空牠們的內臟、把毛拔光、切塊、叉起，用乾枯的細枝生起隱密的小火來烤牠們時，我們就忘了我的母親和她父親、她的五個兄弟和牛群。看著我們小小營火的橘色火苗劈啪作響，我們在灌木叢中捕獲的獵物不時從龜裂的皮膚滴落的油脂，使火苗再度激昂，這時我們不再想著失去潘朵的痛苦，不再去想那令人肝腸寸斷的痛苦，而是想著同樣令我們臟腑絞痛的飢餓。我們不再幻想潘朵奇蹟似地逃離摩爾人的魔爪，不再想像她在瓦拉德與她的父親、五個兄弟與牛群重逢，然後一同回到貢迪歐勒村。那時她才剛被擄走，除了和我比兄弟還親的兄弟馬登巴一起玩狩獵烹煮地松鼠與斑鳩的遊戲之外，我沒有其他方法來面對母親永遠不會再回來這件事。

我和馬登巴慢慢長大了。慢慢地，我們不再踏上貢迪歐勒村的北側道路去等候潘朵歸來。十五歲那年，我們同一天接受割禮。我們是由同一位長老開示關於成年的祕密。他教我們如何做人處世。他教導我們的祕密當中，最重要的一點是：不是由人主導事件，而是事件主導了人。所有讓人措手不及的事件，都是前人已然經歷過的事件。人類所有可能的情況，前人都早已感受過。我們在人世間遇上的事，無論多麼嚴重或令人自命不凡，都不是史無前例的事。但我們的感受是前所未有的，因為每個人都是獨一無二，就像一棵樹的每片葉子都是獨一無二。人和其他人共享同樣的樹液，但他汲取樹液的方式與他人不同。新事物儘管並非史無前例，但對那些一代接一代、一波繼一波，在世間前仆後繼不斷擱淺的人們來說，它始終是新的事物。因此，為了在生命中找到位置，為了不致迷途，就必須傾聽道德義務的聲音。如果過度倚靠自己的力量去思考，那就是背叛。懂得這個祕密的人，就有機會平和度日。但一切也都不是必然會發生。

我變得又高又壯，而馬登巴依舊矮小瘦弱。每年到了旱季，我都渴望再度見到潘朵，這渴求緊鎖我的喉嚨。我不知如何把母親從腦海裡趕出去，唯一的辦法，是盡力消耗自己的體能。我在父親田裡幹活，也在馬登巴的父親西列・迪奧普（Sirè Diop）的田裡幹活，我跳舞、游泳、搏鬥，而馬登巴始終坐著讀書、讀書，他一直在讀書。以神之實，馬登巴嫻熟聖書的程度，貢迪歐勒村無人能及。他十二歲時就能背頌古蘭經，而我到了十五歲還只能結結巴巴地祈禱。馬登巴變得比我們的教士更有學問之後，他希望能去白人的學校上學。西列．迪奧普不願兒子像他一樣只是農民，便答應了，條件是我要送他上學。年復一年，我陪伴他到學校門口，但我只踏進校門一次。什麼東西都進不去我的腦子。我知道，我曉得，那是因為我腦海的表面，全都被我母親的回憶給凍結了，像龜甲一樣。我知道，我曉得，龜甲之下，只有空蕩蕩的等待。以神之實，知識的位置已經被占用了。所以我寧願在田裡幹活，跳舞、搏鬥，磨練我的力量，逼到極限，就不用再去想我那永遠不可能回來的母親潘朵．峇。直到馬登巴死去的時候，我的心靈才終於敞開，讓我觀察裡面藏了什麼。馬登巴的死，像一顆巨大的戰爭金屬砲彈從天而降，將我心靈的龜甲劈成兩半。以神之實，在舊有的苦痛之上，又添加了新的苦痛。兩種苦痛相互凝望、彼此解釋，給了彼此意義。

我們滿二十歲時，馬登巴想上戰場。學校灌輸了他應該拯救我們的祖國法國的想法。馬登巴想成為有頭有臉的人，住在聖路易城，成為法國公民：「阿爾法，這個世界很遼闊，我想走遍世界。戰爭是個機會，能讓我們離開貢迪歐勒村。如果神允許的話，我們會平安歸來。等我們變成法國公民，我們會住在聖路易城。我們會開店做生意。我們會變成批發商，販售食品給塞內加爾北部的所有商店，包括貢迪歐勒村的商店！有錢之後，我們就去找你的母親，我們會找到她，付錢給那些把她擄走的摩爾騎士，幫她贖身。」

我跟著他一起做夢。以神之實，我虧欠他。之後，我心想，如果我也成為一個有頭有臉的人物，終生隸屬塞內加爾步兵團，或許，偶爾，我會和部隊一起造訪幾個北方摩爾人的部落，左手拿著符合規矩的步槍，右手拿著野蠻人的開山刀。

第一次報名時，負責募兵的士兵們對馬登巴說「不」。馬登巴的體質太弱，像一隻黑冠鶴一樣，又輕又瘦。馬登巴不適合從軍。但是，以神之實，馬登巴很頑固。馬登巴請我幫忙，讓他學會耐受肉體操勞。在那之前，他都只懂得忍受心靈的勞苦。於是我花了整整兩個月，強迫馬登巴的弱小體能變強再變強。我讓他頂著正午烈日在鬆軟的沙地中奔跑；我要他游泳渡河，讓他在他父親田裡鋤地，連續鋤了好幾個小時又好幾個小時。以神之實，我逼他吃下大量的小米糊，裡面摻雜了凝乳和花生醬，就像所有配得上搏擊鬥士之名的鬥士們用來填飽肚子的食物。

第二次報名時，負責募兵的士兵們說了「好」。他們沒認出他。他原本是一隻黑冠鶴，現在變成一隻相當肥胖的山鶉。我畫給弗蘭索瓦醫生看的，是馬登巴．迪奧普臉上露出的笑，那時我告訴他，若他想成為搏擊鬥士，那他的藝名已經準備好了：斑鳩脯！我畫出馬登巴那笑咪咪的雙眼的光影層次，他之所以露出這樣的笑容，是因為我告訴他，他的圖騰會認不出他，因為他終於變胖了。

18

我們去法國打仗的前一天，法麗・蒂雅姆在和我們同齡的男孩女孩們環繞之下，低調地用眼神對我說「好」。那是個滿月的夜，我們二十歲，想盡情說笑。我們講了一些充滿狡猾暗示的有趣小故事，也玩了猜謎遊戲。那晚大家全都徹夜不眠，但地點不像四年前，不是在馬登巴的父母家。馬登巴的弟弟妹妹們已經長大，不會再聽著我們意有所指的曖昧故事沉沉入睡。我們坐在村裡一條沙路角落的大片蓆子上，頭上是一棵芒果樹的低垂枝椏。法麗比平常還美，她身穿一件橘黃色的衣服，胸部、腰部和臀部的曲線畢露。月光照耀下，她的衣服看來像是一片純白。法麗用深邃的眼神瞥了我一眼，意思是：「注意，阿爾法，有件重要的事要發生了！」法麗緊緊握住我的手，像十六歲那年她選擇我的那個夜晚一樣，她悄悄看著我的身體中央，然後站起身來，向所有人道別。等她消失在街角之後，我也起身，遠遠跟隨她走到那片小小的烏木林，我們不怕觸怒河神瑪媚・庫姆巴・邦，因為我們是那麼渴望對方，我渴望進入法麗，她也渴望我的進入。

我知道，我懂法麗・蒂雅姆為何在我和馬登巴上戰場之前，向我敞開她的體內。法麗的體內很熱、很嫩、很軟。我從來沒有用嘴巴嚐過、或用肌膚感受過比法麗・蒂雅姆體內更熱、更嫩、更軟的事物。我身體的一部分，那既是體內亦是體外的部位，它進入法麗，它從未這樣被愛撫，從上到下被包圍住，那感受前所未有，我經常趴上沙灘，將它插進溫暖的沙中尋求快感，或在祕密的河水中用抹了肥皂的手撫摸它，卻都沒有這樣的感受。以神之實，法麗體內那溫柔潮溼的熾熱，是我這輩子遇過最棒的事，而我知道，我懂，她為何不惜犧牲家族榮譽，也要讓我品嚐。

我想，法麗比我更早開始依靠自己的力量思考。我想，她希望我這副健美的身軀消逝在戰火中之前，能體驗這份溫柔的美好。我知道，我懂，在我把自己健美的搏擊鬥士身軀奉獻給血淋淋的戰爭之前，法麗想讓我成為一個完整的男人。所以法麗獻身給我，不惜違逆祖傳的禁忌。以神之實，體驗法麗之前，我的身體已經見識過各式各樣的極致快樂。我在一場又一場接連不斷的搏擊戰中考驗它的力量；我游泳渡河緊接著在鬆軟的沙地上奔跑許久，將身體的耐力逼到極限。我頂著地獄般火烤的太陽，在我父親的田裡和西列．迪奧普的田裡鋤地，鋤了好久好久，然後往身上澆灑海水，用貢迪歐勒村的井底舀出的清水解身體的渴。以神之實，我的身體深諳體能逼近極限的喜樂，但這一切都絕對比不上法麗體內的溫暖、嬌嫩、柔軟。以神之實，法麗給我的禮物，是一名年輕女子在一名年輕男子上戰場前能給予的最美好的事物。還沒體驗各種肉體歡愉就死去，這太不公平了。以神之實，我很清楚，馬登巴從未體驗進入一名年輕女子體內的快樂。我知道，他還沒成為一名完整的男人就死了。若他生前曾經體驗一個被愛的女人體內有多麼溼軟而柔嫩，他就完整了。可憐的馬登巴，未完成的馬登巴。

我知道，我懂，法麗．蒂雅姆在我和馬登巴上戰場前，向我敞開她的體內，還有另一個原因。戰爭的傳聞傳至村裡時，法麗就已知道，法國、法軍，會把我從她身邊帶走。她知道，她懂了，我會從她身邊永遠離開。她知道，她曉得，我就算沒有戰死沙場，也不會再回貢迪歐勒村。她知道，她曉得，我會和馬登巴．迪奧普一起搬到塞內加爾聖路易城，她知道我想成為有頭有臉的人物，終生隸屬塞內加爾步兵團，就會有一大筆年俸來減輕我年邁父親的晚年負擔，有朝一日，還能用這筆錢找回我的母親潘朵．峇。法麗．蒂雅姆知道，無論我是死是活，法國都會把我從她身邊奪走。

所以，法麗無視蒂雅姆家族的名譽，無視她父親對我父親的恨意，在我出發去白人的地盤打仗之前，把她溫暖、潮溼、柔軟的體內，獻給了我。

19

阿柏杜・蒂雅姆（Abdou Thiam）是我們貢迪歐勒村的村長。他是因為慣例而當上村長的。阿柏杜・蒂雅姆痛恨我父親，因為我年邁的父親讓他在所有人面前丟臉。阿柏杜・蒂雅姆負責徵收村民的稅金，有一天，他召集村裡的長老們，召開一場大會，沒多久，貢迪歐勒村所有的人便都圍觀旁聽。凱約王國（Cayor）*的君王派來的一名使者提出建議，聖路易城的領主派來的另一名使者也鼓舞這件事——阿柏杜・蒂雅姆說，我們必須改走一條新的道路，小米田必須改種花生、番茄園必須改種花生、洋蔥田必須改種花生、菜圃必須改種花生、西瓜田必須改種花生。花生能為大家賺很多錢。花生賺來的錢可以用來繳稅。花生可以讓漁夫買新漁網。花生可以讓村裡挖新的井。種花生賺的錢，會讓我們擁有磚房、堅固耐久的學校，讓我們能用波浪鐵板覆蓋小屋的屋頂。賣花生賺的錢，會變成火車、道路、漁船馬達、醫療站和婦產科。最後，阿柏杜．蒂雅姆村長說，種植花生的村民，可以免除勞役，不需要做村裡的義務工作。抗拒種植花生的人，則必須做這些工作。

於是我年邁的父親站起身來，要求發言。我是他最小的孩子，他的么子。自從潘朵．峇離開之後，我的父親就成了滿頭白髮。父親在生活中日日奮戰，他活著只為了捍衛妻子們與孩子們，讓他們不致挨餓。在生命這條長河中，日復一日，父親用他田裡的果實養育我們。我年邁的

＊編注：一五四九年至一八七六年從約洛夫帝國分離出來最強大的王國，一八七九年至一八八六年間為法國殖民地。早期歷史沒有書面資料，甚至口述歷史也很少。據僅有資料顯示，花生是當地主要農作物。

父親讓我們成長、豐熟，像他拿來餵養我們這些家人的植物一樣。他懂得培育樹木水果，也懂得培育孩子。我們筆直生長、茁壯，像他播種在田裡鬆軟土壤中的種籽一樣。

年邁的父親站起身來，要求發言。他們准他發言，他說：

「我，巴西魯．庫姆巴．恩迪亞耶，我祖父是席迪．馬拉米內．恩迪亞耶（Sidy Malamine Ndiaye），他祖父的曾祖父是這座村莊的五名創建元老之一。阿柏杜．蒂雅姆，我要告訴你一件事，你會覺得刺耳。我不反對在我的田裡種一塊花生田，但我拒絕把我所有的田都拿來種花生。花生無法讓我的家人吃飽。阿柏杜．蒂雅姆，你說花生就是金錢，但以神之實，我不需要錢。我是用我田裡種的小米、番茄、洋蔥、大紅豆和西瓜來養活我的家人。我有一頭乳牛可以產奶，我有幾隻綿羊可以供肉。我有個兒子是漁夫，他會給我魚乾。我的妻子們會從地上採集整年分的鹽巴。有了這些食物，我甚至能對飢餓的旅人敞開家門，履行神聖的待客義務。

「但是，如果我只種花生，誰來讓我的家人吃飽？誰來讓我應該接待的旅人們吃飽？種花生賺的錢，不能養活他們所有人。阿柏杜．蒂雅姆，你回答我，如果事情變成這樣，我不就非得去你的店裡買食物不可？阿柏杜．蒂雅姆，你會覺得我說的話很刺耳，但是一個村長應該先考量所有村民的利益，而不是他自己的利益。阿柏杜．蒂雅姆，我和你地位相當，我不希望有一天我必須去你的店裡乞討，求你賒帳給我一些米、賒帳給我油、賒帳給我糖來養活家人。我也不想對飢餓的旅人緊閉家門，只因為我自己也很飢餓。

「阿柏杜．蒂雅姆，你會覺得我說的話很刺耳，但是，等到我們鄰近村莊全都開始種花生，它的價格就會下跌。我們的錢會越賺越少，最後你自己也可能必須靠賒帳過活。當一間商店的所有客人都欠債，那麼店老闆自己也會欠供應商債。

「阿柏杜．蒂雅姆，你會覺得我說的話很刺耳。我，巴西魯．庫姆巴．恩迪亞耶，我曾經經歷過所謂的『饑荒之年』。你已故的祖父應該有對你提過。那年先是發生蝗災，接著便是大旱，那年井水枯涸、沙塵自北方吹來，那年河水水位太低，無法灌溉。那時我只是個小孩子，但我記得很清楚，那個像地獄一樣的旱季，如果我們所有人沒有同甘共苦，沒有彼此分享各自庫存的小米、大紅豆、洋蔥、樹薯，如果我們沒有把各自的牛奶和羊肉拿出來和眾人共享，我們所有人早就死了。阿柏杜．蒂雅姆，那種時刻，花生不可能拯救我們，花生帶來的金錢也救不了我們。如果只種花生，為了在那地獄般的旱災中存活下來，我們一定會吃掉原本預計明年用來播種的花生，接著賒帳購買隔年用來播種的花生，賒帳的債主將會是我們原本打算販售花生的對象，而價格將會由他們來決定。到了那個時候，我們就會是永遠的窮人、永遠的乞丐！所以，阿柏杜．蒂雅姆，就算你覺得刺耳：我仍要對花生說『不』，對種花生賺的錢說『不』！」

阿柏杜・蒂雅姆一點都不喜歡我父親的發言，他非常、非常生氣，但沒有表現出來。阿柏杜・蒂雅姆不喜歡父親說他是個壞村長。阿柏杜・蒂雅姆一點都不喜歡別人提起他的商店。所以，在這世上，阿柏杜・蒂雅姆最不希望發生的事，就是他女兒法麗和巴西魯・庫姆巴・恩迪亞耶的某個兒子結合。但法麗・蒂雅姆的決定和他背道而馳。法麗・蒂雅姆在我去法國打仗之前，在小小的烏木林中獻身給我。法麗愛我勝過愛她父親的名譽，儘管她父親毫無名譽。

20

我畫給弗蘭索瓦醫生看的第三幅畫，是我的七隻斷手。我畫它們，是為了能再親眼看看它們，看它們剛被我砍下來時的樣子。我很好奇，我想知道光和影、紙和筆能如何重現它們，想知道它們會不會和我母親與馬登巴的肖像一樣，在我眼前栩栩如生。結果超乎我的預期。以神之實，畫出那些手時，我還以為它們才剛幫握著的步槍上油、填裝子彈、開槍，才剛從無人地帶那些慘遭處刑的敵軍手臂上被我用開山刀砍下來。我畫的這些手，在弗蘭索瓦小姐給我的大張白紙上面一字排開。我甚至認真地一根一根畫出它們手背的毛、黑色指甲、俐落砍斷的斷面或沒砍好的斷面。

我很滿意。說實話，我已經不再擁有那些手了。我認為，把它們處理掉比較明智。而且弗蘭索瓦醫生已經開始把我腦子裡那些關於戰爭的髒東西清除乾淨。我那七隻斷手是狂暴的怒火、是復仇、是戰爭的瘋狂。我不想再看見戰爭的瘋狂與怒火，就像上尉再也無法忍受在壕溝裡看見我的七隻斷手一樣。一天晚上，我決定埋掉它們。以神之實，我等到月圓之夜才動手。我知道，我曉得，我不該在滿月的夜裡掩埋它們。我知道，我曉得，從我們的收容所西側樓房那邊，或許會有人注意到我正在挖土，打算掩埋它們。但我認為，我確實虧欠它們，我應該為這些在無人地帶慘遭處刑的敵軍之手辦一場月光下的葬禮。殺害他們的時候，月亮是我的共犯。月亮躲了起來，讓他們無法看到我。他們死於無人地帶的幽暗之中。他們值得一點光明。

我知道，我曉得，我不該那樣做，因為當我把裝在盒子裡用巫術風格護身符封好的斷手埋進地底之後，往收容所走回去時，似乎看見西側樓房一扇大窗戶後面閃過一個人影。我知道，我曉得收容所有人發現了我的祕密。所以我等了幾天，才畫出那七隻手。我等著看有沒有人告密。但沒人說出這件事。於是，為了用充滿巫術色彩的水來大量沖洗我腦子的內部，我畫了那七隻手。我必須把它們拿給弗蘭索瓦醫生看，這樣我才能把它們從腦子裡驅逐出去。

我的七隻手說出一切，向法官們承認了一切。以神之實，我知道，我曉得我畫的圖揭發了我。弗蘭索瓦醫生看過那些手之後，他的微笑就和之前不一樣了。

21

我在哪？我好像是從很遠的地方回到這裡。我是誰？我還不曉得。黑暗包圍了我，我什麼都看不見，但我漸漸感受到一種溫暖，讓我活了過來。我試著睜開一對不屬於我的雙眼，移動一雙不屬於我的手，但我能感覺得到，再過一陣子，它們就會屬於我。我的雙腿在這兒……咦，在我夢寐以求的這副軀體下面，好像有什麼東西。我跟你發誓，我來自一個所有事物都靜止不動的地方。我來自一個大家都沒有身體的地方。然而，此時此刻，原本哪裡都不在的我，感覺自己活著。我覺得自己有了肉身。我感覺肌肉在鮮紅熾熱的血液之中鼓動，將我包圍。我感覺，在我即將擁有的胸膛之下、肚腹之下，有另一具身體正在扭動，那具身體將熾熱的暖意灌入我的身體。我感覺那具身體暖和了我的肌膚。我來自一個冰冷的地方。我向你發誓，我來自一個大家都沒有名字的地方。我即將睜開這暫時還不屬於我的眼瞼。我不知道我是誰。我還沒想起我的名字，但我等一下就會想起來。咦，我身體下面的那具身體不再動了。咦，我感覺那身體的暖意靜止不動。咦，我突然感覺有人用手撫摸我的背，撫摸那還不完全屬於我的背，撫摸到現在還不屬於我的腰，撫摸那不屬於我的脖子，但因為那雙手的溫柔觸碰，這些身體部位，就變成了屬於我的一部分。咦，那雙手突然拍打我的背、我的腰，抓傷了我的背。被那雙手抓傷之後，這具不屬於我的身體，就成為了我的身體。我跟你發誓，遠離虛無真的是一件很愉快的事。我跟你發誓，我雖在那兒，但又不真的在那兒。

好了，我有身體了。這是我第一次在一個女人的體內達到高潮。我向你發誓，這是第一次。我向你發誓，那真的很棒、很棒。在這之前，我從來沒在女人體內嚐過高潮的滋味，因為我原本沒有身體。有個聲音從很遠、很遠的地方傳來，那聲音對我說：「比自己用手好太多了！」那聲音來自遠方，它在我腦子裡囁語：「這和清晨第一顆砲彈在寂靜中爆炸一樣震撼，它把你的臟腑都翻攪過來。」遠方那聲音還說：「世上沒有什麼比這個更棒。」我知道，我懂了，這來自遠方的聲音，它將會給我一個名字。我知道，我懂了，這個聲音很快就會為我命名。

將這份屬於肉體的歡愉賜給我的女人，正在我的身子下面。她動也不動，雙眼緊閉。我跟你發誓，我不認識她，我從沒見過她。而且，當她出現在我眼前的那一刻，是她給了我雙眼來觀看。我跟你發誓，我是用不屬於我的眼睛去觀看、用不屬於我的手去撫摸。很不可思議，但我跟你發誓，這是真的。我那既是體內亦是體外的部位——遠方那聲音這樣稱呼它，它在一名陌生女子的身體裡面。我能感覺這女子體內的溫暖，從上到下包圍著它。我跟你發誓，當我棲身於這名陌生女子的身體裡面之後，我才覺得我棲身於自己的身體裡面。她在我的身子下方，靜靜不動，雙眼緊閉，我不知道她是誰。我跟你發誓，我不知道她為何願意在她體內接納我既是體內亦是體外的部位。發現自己趴在一名陌生女子身上，終究是一件很妙的事。覺得自己的身體和自己沒有關聯，是件很妙的事。

我初次看見自己的手。我揮動雙手，看看手心手背，它們擱在我身下，壓著這個女人的頭部兩側。她雙眼緊閉。我是用手肘支撐我的身子。我感覺她的乳房拂過我的胸膛。我可以觀察到自己的兩隻手在她的頭旁邊揮舞。沒想到我的手這麼大。我跟你發誓，我以為我的手應該更小、手指也更細。不知道為什麼，但我現在有一雙很大、很大的手。真妙。但當我併攏手指，握拳，再鬆開拳頭，我發現自己擁有一雙搏擊鬥士的手。我跟你發誓，我來自一個自己應該沒有搏擊鬥士之手的地方。

那個來自遠方的微弱聲音在我耳畔低語，說我從此擁有了一雙搏擊鬥士的手。不會吧。我必須確認看看，我身體的其他部分是否也像個搏擊鬥士。我必須確認這具身軀的狀態，它既是我的身體，又不是我的身體。我必須把我的身體抽離下面這個陌生女人的身體。她似乎睡著了。真妙，她明明是個美女，但我的目光似乎卻不常集中在她身上。我想自己應該是喜歡美女的。但首先，我必須確認自己的身體，看看它是否像那個來自遠方的聲音所言，是一個搏擊鬥士的身軀。

我離開了那個在我身下雙眼緊閉的美女。聽見我們兩人身體分開時的聲音，很妙。我想笑。那聲音很小聲、很溼潤，像一個小孩子在媽媽出現時趕緊把拇指抽出嘴巴的聲音，因為媽媽不准他吸吮拇指。那情景從遠處浮現，讓我在心裡大笑。發現自己躺在一名陌生女子身邊，也是很妙的事。當我開始檢視自己身軀的其他部分是否和雙手相符時，我的心跳得好快，真妙。我在白色的房間裡，朝著天花板，舉起雙臂。我的雙臂：我跟你發誓，就像兩棵老芒果樹的樹幹。我將雙臂擱回身子兩側。我朝著白色房間的天花板筆直抬起雙腿：我跟你發誓，那就像兩棵猢猻樹的樹幹。我將雙腿擱回床上，心想，發現自己置身於搏擊鬥士的整副身軀裡，真妙。一來到人世就擁有這麼好的體格，真妙。發現自己這麼有力量，真妙。我跟你發誓，我不怕未知之事，我和真正的搏擊鬥士一樣，什麼都不怕，不過，在美女身邊以搏擊鬥士的健美身軀誕生，總比在醜女身邊以瘦弱身軀誕生來得妙多了。

我不怕未知之事。我跟你發誓，我甚至不怕不曉得自己的名字。我的身體告訴我，我是個鬥士，這對我而言已經足夠。我不須知曉自己的姓氏，有這副身軀就夠了。不須知道我在哪裡，有這副身軀就夠了。我從此不需要其他事物，只須探索我這副新身軀的力量。我再度朝著白色房間的天花板，舉起像兩棵老芒果樹樹幹一樣粗壯的雙臂。雙手與肩膀之間的距離，似乎比我原先想的更遠。我握緊雙拳，接著鬆開拳頭，再度握拳，然後再鬆開。看著自己的手臂肌肉在皮膚下面靈活運動，真妙。我的雙臂比我原先所想更有重量，飽含力量。但是，我並不恐懼未知。

22

弗蘭索瓦小姐，謝謝！以神之實，我沒會錯意。雖然我不懂法語，但我知道，我懂弗蘭索瓦小姐看著我身體中央時的眼神代表什麼意思。弗蘭索瓦小姐比誰都懂得用眼睛說話。她的眼神清楚告訴我，要我當晚去她房裡找她。

她的房間位於一條漆成白色的走廊盡頭，我靜靜走過，每扇窗戶後面都是火焰般的月光，照得走廊白亮亮的。千萬不能讓弗蘭索瓦醫生知道，我要去找他的女兒。也不能讓收容所西側樓房的警衛看見我。她的房門是開著的。我進房時，弗蘭索瓦小姐正熟睡著。我在她身邊躺下。

弗蘭索瓦小姐醒了，她把我當成別人，於是尖叫。我用左手摀住弗蘭索瓦小姐的嘴，她掙扎再掙扎，但就像上尉說的，我天生孔武有力。我確定弗蘭索瓦小姐停止掙扎之後，將手從她嘴上拿開。弗蘭索瓦小姐對我微笑，我也對她微笑。弗蘭索瓦小姐，謝謝妳對我敞開妳幾乎直抵臟腑的小小開口。以神之實，戰爭萬歲！以神之實，我深深進入她，像縱身躍入激流，發狂泳渡河流。以神之實，我擺腰撞擊的力道，簡直可以讓她肚破腸流。以神之實，突然之間，我嘴裡有血的味道。以神之實，我不知道為什麼。

23

他們問我叫什麼名字，但我其實等著他們告訴我這件事。我跟你發誓，我還不知道我是誰。我只能告訴他們，我的感受。看著自己宛如老芒果樹樹幹的雙臂以及宛如猢猻樹樹幹的雙腿時，我認為我是威脅所有生命的破壞者。我跟你發誓，我覺得自己好像可以毀滅一切、好像永遠不會死、好像只須用雙臂緊抱岩石就能粉碎它。我跟你發誓，我的感受無法言喻——能用來講述它的字句，是遠遠不足夠的。於是我只能使用其他字句，這些字句和我想講的事，乍看似乎毫無關聯，但是，儘管它們平常指的是別的意思，或許它們能夠轉譯我的感受。此時此刻，我就是我身體的感覺，僅此而已。我的身體試圖藉由我的嘴來說話。我不知道我是誰，但我想，我應該知道我的身體可以透露什麼線索。我的身體如此厚實，它太有力量，對其他人而言，這只可能象徵戰鬥、搏鬥、戰爭、暴力與死亡。但我的身體反過來指責我。為何這副厚實的身體和過多的力量，不能同時象徵和平、沉靜、安祥？

有個微弱的聲音從非常、非常遙遠的地方傳來，它告訴我，我的身體是搏擊鬥士的身體。我向你發誓，在從前的世界裡，我好像認識一個搏擊鬥士。我不記得他的名字。不知道自己是誰的我，現在棲身的這副厚實身軀，說不定是他的身軀。或許他拋棄了他的身軀，將位置留給我，因為友情，因為同情。我腦子裡那遙遠的微弱聲音，這樣對我囁語。

24

「我是吞噬岩石、山巒、森林、河川、動物血肉與人類身軀的暗影。我會把皮毛剝光，掏空頭顱和身體。我會砍手斬腳。我會擊碎骨頭、吸吮骨髓。但我同時也是江流上方昇起的紅月，我是搖動金合歡樹梢嫩葉的晚風。我是黃蜂也是花朵。我既是活蹦亂跳的魚，亦是靜佇不動的船，既是魚網、亦是漁夫。我是獄囚也是獄卒。我既是樹，也是孕育樹的那顆種籽。我是父親也是兒子。我是兇手也是法官。我是播下的種籽，也是收穫的作物。我是母親也是女兒。我是黑夜也是白天。我是火，也是被火吞噬的木頭。我是無辜者，亦是罪人。我是開始也是結束。我是創造者，亦是毀滅者。我有兩面。」

翻譯，從來不是簡單的事。翻譯，是輕微的背叛，是詐騙行為，是出賣一句話來交換另一句話。翻譯是不得不在細節方面說謊，藉此求得大致真實的少數人類行為之一。翻譯會讓你比別人更清楚知道一件事，卻又冒著一種風險——言語的真相不只一個，而是擁有雙重、三重、四重甚至五重的真相。

翻譯，是遠離神之真實，而每個人都知道（或是自以為知道），神的真實只有一種。

「他剛才說了什麼？」他們全都這樣想。「聽起來不像這問題應有的回答。這問題的回答不該超過兩個字，再多也不會超過三個字。每個人都有一個姓氏、一個名字。頂多兩個名字。」

翻譯者似乎猶豫不決，眾人嚴厲、擔憂而憤怒的目光向他襲來，使他驚慌失措。

他清清喉嚨，用幾乎聽不見的微弱聲音回答那些穿著制服的人：

「他說他既是死亡，也是生命。」

25

我想，我現在知道我是誰了。我向你發誓，以神之實，我腦子裡那個來自非常非常遙遠之處的微弱聲音，讓我猜到了這件事。那微弱的聲音察覺到，我無法藉由身體，得知關於自己的一切。那聲音瞭解，我的身體對自己而言，是非常可疑的。我向你發誓，這身體很奇怪，竟然毫無傷疤。搏擊鬥士和戰士們，身上總有傷痕。我向你發誓，以神之實，毫無疤痕的搏擊鬥士身軀，是一具不正常的身軀。換句話說，我的身體無法述說自己的故事。那聲音從非常、非常遙遠的地方告訴我，這件事還有另一層意思——我的身體，是巫。噬魂者的身體知曉如何不留疤痕。

大家都聽過這個故事：一個不知從哪裡來的王子，娶了一個非常自負的國王的驕縱女兒。我腦中那個非常、非常遙遠的聲音，讓我想起這個故事。自負國王的驕縱女兒，想要一個沒有疤痕的男人。她想要一個沒有故事的男人。

這個從灌木林中冒出來娶她的王子，身上毫無疤痕。這個王子俊美得驚人，驕縱的公主很喜歡他，但公主的奶媽不喜歡他。打從公主的奶媽見到這個極度俊美王子的第一眼，她就知道，她就懂了——他是巫。她之所以知道、之所以懂這件事，是因為他身上毫無疤痕。王子和戰士一樣，身上一定會有傷疤。他們的故事是由疤痕來述說。王子和戰士一樣，至少要有一道傷疤，才能讓其他人據此發展出一個精采傳說。沒有疤痕，就沒有英雄事蹟。沒有疤痕，就不能留名。沒有疤痕，就沒有名望。所以我腦子裡的微弱聲音採取行動。所以那聲音讓我猜出自己的名字。因為我棲身其中的這副軀體，某人傳承給我的軀體，身上毫無傷疤。

這位驕縱公主的奶媽，她知道，她曉得，沒有傷痕的王子無法命名。奶媽警告公主提防這無名的危險，但徒勞無功。驕縱的公主就是想要她的男人——這位沒有傷痕、沒有故事的男人。於是奶媽給了驕縱公主三個法寶，對她說：「來，這裡有一顆蛋、一截木頭、一顆石頭。若有一天，當妳被巨大的危險追趕時，就把它們一個接一個從左肩上方丟出去。它們會拯救妳。」

公主和從灌木叢中冒出來的俊美王子結婚之後，就該啟程前往她丈夫的王國了。但她丈夫的王國位於未知之境。驕縱公主離她的村莊越遠，她丈夫的隨從就越來越少，彷彿被灌木叢吞噬似的。他們一個接著一個現出原形——他們陸續變回一隻野兔、一頭大象、一頭鬣狗、一隻孔雀、一條黑蛇或綠蛇、一隻黑冠鶴、一隻嗜食牛糞的金龜子。因為她的丈夫，這位極度俊美的王子，正如她的奶媽所料，是巫。他是一頭使用巫術的獅子。他將她禁錮在叢林深處一個巖穴中，禁錮了很久很久。

驕縱的公主很後悔，痛心自己沒聽從奶媽那充滿智慧、洞察先知的告誡。驕縱公主如今置身於一個哪裡都不是的地方。她處於無名之地，這裡的沙子看起來就像沙子、灌木就像灌木、天空就是天空；這裡一切都含糊不清，連地表都沒有可堪辨識的疤痕。這裡的土地沒有故事。

於是，一有機會，驕縱公主就立刻逃跑，但她的丈夫，這頭巫獅，隨即追了上來。這頭巫獅知道，如果失去公主，牠就會失去自己唯一的故事、失去牠存在的意義、甚至失去「巫獅」這個名字。公主一旦逃走，牠的土地就會再度成為無人之地，因為這片土地的活力源自於公主的驕縱。若要復甦牠的土地，就得讓驕縱公主回到牠的巖穴王國。就連這頭巫獅的生命，都得仰賴驕縱公主的眼睛、耳朵與嘴巴。如果沒有她，牠毫無傷疤的俊美就始終無人看見；如果她不在的話，牠的獅吼就無人聽聞；若沒了她的聲音，牠的巖穴王國就會從世上消逝。

當牠第一次即將逮住她時，她從左肩上方拋出奶媽給她的那顆蛋，它化作一條浩瀚的河流。驕縱公主以為她得救了，但巫獅喝乾了整條河的河水。第二次當牠即將逮住她時，她從左肩上方拋出奶媽給她的那截小木棍，它化作一座無法穿越的茂密森林。但巫獅摧毀森林，將其連根拔起。第三次當巫獅即將逮住她時，她已幾乎能夠看見她父親與奶媽的村莊。她從左肩上方拋出奶媽給她的第三樣法寶——那顆小石頭，它化作一座高山，但巫獅攀爬上山，接著大步跳躍，飛奔下山。儘管有這些法寶阻撓，巫獅依舊緊追在她身後。她不敢回頭，懼怕遠方的危險更加迫近。她能聽見牠的腳步聲拍擊地面。她那半人半獸的丈夫，現在是以兩條人腿抑或四條獅腿在疾馳？她彷彿能聽見那屬於野獸的喘息聲。她已經嗅到牠的氣味，混合著江流、森林、高山、野獸與人類的氣息，而就在此刻，突然發生奇蹟。一名獵人揹著弓箭，不知從哪兒冒出來。巫獅朝著驕縱公主縱身一躍時，一箭穿心，牠死了。這是巫獅的第一道傷口，也是最後一道。因為這道傷口，人們如今得以講述牠的故事。

巫獅在黃色塵土中倒下時，叢林深處傳來一聲巨響。大地震動，日光閃爍。巖穴王國，那位於大地體內的王國，在陽光中高高升起。高聳的峭壁轟隆作響，砸開了巫獅那無法命名之王國的中心地帶。所有人都能看見這些峭壁自叢林中往天空升起。從今而後，由於這些高高聳立的大地傷口，巖穴王國清晰可見。因為這道傷口，人們如今得以講述這個王國的故事。

救了公主的這名獵人，是給了公主三樣法寶的奶媽的獨生子。他很醜，他很窮，但他救了驕縱的公主。為了報答他的英勇無畏，自負的國王將驕縱的女兒嫁給這名身上滿布傷疤的獵人。他是一個擁有許多故事的男人。

我跟你發誓，這個巫獅的故事，是我上戰場前才聽見的故事。它和所有有意思的故事一樣，是個狡黠的、充滿言外之意的小故事。講述這樣一個關於巫獅與驕縱公主的著名寓言時，背後其實隱含著另一個故事。藏在著名寓言背後的另一個故事，若要被看見，就必須露出一點點。如果隱藏的故事完完全全躲在著名寓言後面，它就始終沒人看見。隱藏的故事必須存在於那兒，同時又不在那兒，它必須讓人依稀感覺它的存在，像一件緊身的橘黃色衣裳，依稀勾勒出一名少女的曼妙身材。它必須若隱若現。而當故事指涉的對象聽懂言外之意時，這個隱藏的故事或許會改變他們的人生方向，促使他們將模糊的慾望轉化為具體行動。儘管說故事者不懷好意，故事卻能治癒他們的病，名為猶豫的病。

我向你發誓，聽到這個巫獅故事的那天晚上，我坐在一塊鋪在白沙的蓆子上，身邊圍繞著和我同齡的年輕男女，頭上是一棵老芒果樹的低垂枝椏。

我向你發誓，我和那天晚上聽見這個沒有疤痕的巫獅故事的所有人一樣，我們都知道，都曉得，法麗・蒂雅姆認為這個故事是在講她。我知道這件事、懂了這件事，是在法麗・蒂雅姆起身向我們道別的時候。我知道，我曉得，法麗才不在乎我們認為她是一個驕縱的公主。我知道，我曉得，她慾望著那頭巫獅。法麗離開後不久，我比親兄弟還親的兄弟，阿爾法・恩迪亞耶，家裡圖騰是獅子的這個男人，也跟著起身道別，而我知道，我曉得，他要去樹林裡和她結合。我知道，我曉得阿爾法和法麗在烏木林中會面，不遠處就是燃燒的河流。我們兩人出發前往法國打仗的前一天，法麗獻身給阿爾法。我知道這件事，因為我，他比親兄弟還親的兄弟，我就在那兒，同時也不在那兒。

但如今，我深思這件事，如今我回頭關注自己，以神之實，我知道，我懂了，阿爾法在他的健壯身軀裡面，為我留了一個位置，這是基於友誼，也基於同情。我知道，我懂了，我死去的那個夜晚，我在無人地帶最幽祕處對他發出的第一道祈求，他有聽進去。因為我不想在一片無名的大地之下，孤零零地，待在一個哪裡都不是的地方。以神之實，我跟你發誓，我想到我們，從今而後，他就是我，我就是他。

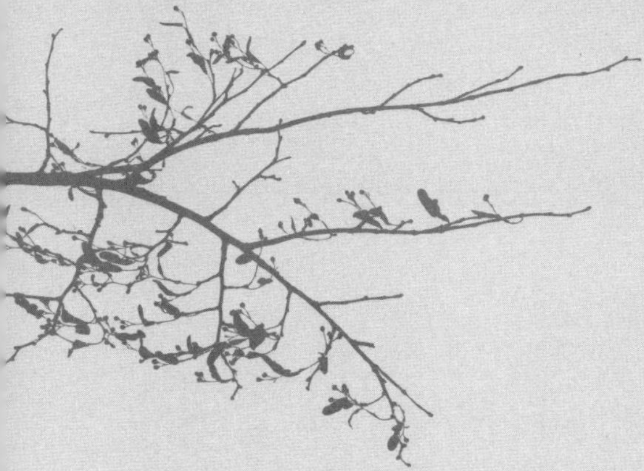

各界推薦

該如何拼裝，並喚醒一具黑皮膚的，飽受殖民主義撕裂的軀體？那得按照巫術儀軌調度縱橫雙軸線符號：關於氏族徽章、惡眼詛咒、河神川澤神苗稼神等自然崇拜宗教面向；佐以經濟干預、外籍傭兵、跨國戰爭與階級流動可能的政治面向方能抵達。祭司大衛・迪奧普口禱非洲關鍵字，以鋒利如刀之筆，action painting 式潑灑，割刺整片獻予父執輩祖靈的黑血洶湧。拼裝後的軀體復活，左手持步槍，右手拿刀。他尖叫抖顫，在愛與死亡間衝鋒陷陣，只為奔向殖民者身後，所有傷口、體液與壕溝長夜積累以來的另一種解脫，並且不再恐懼。

——作家／白樵

無力者的反抗就是同化，代替加害者，對自己進行更徹底的掠奪，以此復仇。《夜晚的血都是黑的》寫出了這樣被徹底壓垮的一個人，是在德法為爭奪非洲殖民地開戰時，為法軍打仗的塞內加爾士兵，他以服從為傲，服從到連同袍、上級都怕，於是他覺得贏了。他自豪於男子氣概，一邊冷眼看穿法國殖民政府挑起男子氣概競賽、引誘非洲士兵爭相上戰場送命，也悔恨自己挑起男子氣概競賽、害拜把兄弟送命；一邊自己也為奪回男子氣概而粉身碎骨不顧一切。荒謬且真實。男子氣概是多麼脆弱，奪走它是多麼容易，因為它只存在於虛假的讚美和卑鄙的挑釁中，是魔術師為了讓觀眾拚盡所有把它搶回來而創造的假象。本書精采呈現了無路可出的心理迷宮，無論他怎麼突圍，都只有剝奪感長存，其餘都因而灰飛煙滅。本書固然殘暴又色情，但若只把它當成娛樂爽片享受，而無視主角活埋其中的卑微困境，那也就向男子氣概簽下了借據。

——作家／盧郁佳

以咒語般的散文及黑暗絕妙的觀點，擾動了我們的情緒，讓我們大感震驚——如同被下了咒。

——國際布克獎評審團

大衛・迪奧普這本著作，是對戰爭罪惡的中肯反思，更是對人類靈魂的深刻探索。

——諾貝爾文學獎得主／勒・克萊喬（Jean-Marie Gustave Le Clézio）

這本書是對戰爭、種族、男子氣概和殖民主義的無情呈現。最重要的是，迪奧普這部簡短、精悍而銳利的小說，發自內心戲劇化地呈現了人性與非人性將如何永遠交織糾纏在一起。

——普立茲小說獎得主／阮越清（Viet Thanh Nguyen）

憑藉著天真的、口述的風格，以及咒語般的重複表達，迪奧普的小說顯然超越了傳統的戰爭小說。

——法國《費加羅文學週刊》

揮之不去的、歌唱般的語言，充滿隱喻和比喻。

——法國《新觀察家報》

這部小說是一個奇蹟。它以一種簡單、近乎天真卻又令人驚訝的文筆，動人細膩地講述了戰壕的悲劇。這不是戰爭小說，而是一本關於蒙田所謂的「兄弟情誼」的書。

——法國《觀點》週刊

大衛・迪奧普在書中為塞內加爾步槍手豎立了一座美麗的紀念碑，並試圖恢復他們的非洲空間；以讓人傾聽他們的聲音，並理解他們。

——法國《世界報》

令人著迷……迪奧普在本書寫出了戰爭的全部本質——一場恐怖而暴力的戲劇。他把他的角色帶入地獄的深處，茁壯成長……儘管這些遭遇充滿暴力且令人不安，卻被渲染得如此藝術優雅，即使是最血腥的夜晚，人們在閱讀時也會產生一種奇怪的樂趣。

——美國《紐約時報》書評

驚豔優異之作！

——美國國家公共廣播電台

悲慟萬分……本書透過將野蠻行為延伸至諷刺的極限，以面對黑人士兵的歷史形象……迪奧普的小說中最尖銳的似乎是對黑人士兵意義的探索：西非人並肩作戰，共同悲傷。

——美國《紐約書評》半月刊

如同許多最好的戰爭小說傑作，迪奧普用苦澀的諷刺來強調悲劇……偉大的美由此而生。迪奧普的句子如同潮汐一般，帶著磨損的短語不斷重複。

——美國《外交政策雜誌》

一本令人驚嘆的全新傑作，講述了第一次世界大戰中兩名塞內加爾士兵的困境，提供了一個全新的視角。它還讓我們見證了天才作家的誕生……這是讓人身臨其境、欲罷不能的一本書，強烈地喚起了塹壕戰的恐怖，無情的生命損失，以及對人類靈魂造成的不可挽回的傷害……迪奧普使用發自內心的抒情語言，講述了一個關於失去與殘酷的毀滅性的故事，擴大了我們對戰爭的理解，以結束所有戰爭。

——美國《明星論壇報》

法國塞內加爾作家大衛・迪奧普的這本書是一部令人毛骨悚然的反戰論文，既簡潔又具有毀滅性。引起的共鳴遠遠超出地理、政治、種族和歷史細節……迪奧普將成長小說、狂熱夢想、道德故事和歷史紀錄相互重疊，創造了一場極具影響力、拒絕被定義的噩夢。

——美國《書架意識書評》週刊（星級評論）

單憑書名就足以推薦這部小說。幸運的是，這個餘韻繞梁、標題不祥的故事——一個以抒情散文講述的黑暗故事——在大衛・迪奧普迷人且節奏感十足的小說中得到了極大體現。最重要的是，這個故事表明，當個人處於非同尋常的暴力環境中時，自我是多麼難以捉摸。

——美國影音俱樂部書評

這本小說的篇幅雖短，但情感豐富，揭示了法國和塞內加爾歷史上未被報導的篇章。這其中結合了部分的民間傳說，部分存在主義的嚎叫，還有如詩般的散文。

——美國《柯克斯評論》（星級評論）

如同音樂般的韻律，卻令人痛心。小說的結尾轉向了一個非比尋常的偉大結局。迪奧普的這部小說滾燙尖銳、令人著迷、卻又不安。強烈推薦。

——美國《圖書館雜誌》（星級評論）

令人痛心的傑作。

——美國《出版者週刊》

令人心碎，極度詩意……本書講述了一個法國歷史中可悲地缺席的故事——關於第一次世界大戰在法國戰壕中作戰的非洲軍隊的內心生活。

——英國《衛報》

強大的原創……堅定不移地探索戰爭可能引發的瘋狂，迪奧普的小說是非凡之作。

——英國《泰晤士報》

這位國際布克獎得主講述了一個精采紛呈、變化無常的故事……開篇章節便以一種嶄新卻又黑暗的光芒重新演繹了暴力，值得一再細讀。

高度原創。

——英國《觀察家報》

迪奧普以抒情的語言傳達了戰時創傷對一個困惑青年的巨大影響。

——英國《經濟學人》

迪奧普以優雅的簡潔展現了一個勇敢與瘋狂、謀殺與戰爭之間沒有明確界限的世界；最忠誠的殺手將被授予十字勳章。主人翁最後為了朋友之死試圖贖罪而做出的轉變，出乎意料、充滿詩意——同時也令人不寒而慄。

——英國《旁觀者》週刊

當代經典 004

夜晚的血都是黑的 Frère d'âme

作者	大衛・迪奧普（David Diop）
譯者	周桂音
主編	楊雅惠
校對	簡敬容、楊雅惠
封面設計	之一設計／鄭婷之
行銷企劃	王彥
總編輯	楊雅惠
出版發行	遠足文化事業股份有限公司 潮浪文化
電子信箱	Wavesbooks.service@gmail.com
粉絲團	www.facebook.com/wavesbooks
地址	23141 新北市新店區民權路 108-3 號 3 樓
電話	02-22181417
傳真	02-86672166

法律顧問	華洋法律事務所 蘇文生律師
印刷	中原造像股份有限公司
出版日期	2024 年 6 月
定價	360 元
ISBN	9786269826285、9786269826292 (PDF)、 9786269826278 (EPUB)

Original title: Frère d'âme

--

Cet ouvrage, publié dans le cadre du Programme d'Aide à la Publication 《Hu Pinching》,
bénéficie du soutien du Bureau Français de Taipei.
本書獲法國在台協會《胡品清出版補助計劃》支持出版。

國家圖書館出版品預行編目（CIP）資料

夜晚的血都是黑的 / 大衛 . 迪奧普 (David Diop) 著 ;
周桂音譯　. -- 新北市 : 遠足文化事業股份有限公司
潮浪文化 , 2024.06
　192 面 ;　14.8*21 公分 . -- (當代經典 ; 4)
譯自 : Frère d'âme.
ISBN 978-626-98262-8-5(平裝)

876.57　　　　113006772